나는 사랑받는
실험을 시작했다

나는
사랑받는

아사다 유스케 지음 | 주현정 옮김

카페인

더욱더 사랑받는 실험을 시작하자
연애 인지학 스페셜 레슨

제1장

나는 사랑받기 위해 태어났다

프러포즈라고 기대한 나를 때려주고 싶다.

사귄 지 4년 된 히로미쓰와 온천 여행을 갔다. 노천탕에
몸을 담근 뒤 방에서 저녁을 먹는데 "나, 도쿄로 전근 가"
라며 히로미쓰는 맥주를 마셨다.

그 말을 들었을 때, 나는 스물다섯 살에 드디어 청혼을
받는구나 싶었다. 하지만 정작 그의 입에서 나온 말은 "그
러니까 더는 사귀기 힘들 것 같아"였다.

"바빠질 테고"라느니 "미호도 나도 나이가 있잖아"라느
니 히로미쓰는 이러쿵저러쿵 이유를 늘어놓았다. 나는 보
석처럼 반지르르한 회에 젓가락을 멈춘 채 "그러니까 찬다
는 얘기네"라는 말을 삼켰다.

그날 밤 이불에 파고들려는 히로미쓰에게 등을 돌리며,
어째서 다음날도 같이 관광할 수밖에 없는 이런 타이밍에
말을 꺼내는지, 그런 무신경한 태도가 싫다는 생각에 눈물

이 났다.

그가 하는 대로 몸을 맡긴 채 안기고 마는 자신도 싫었다.

☾

이렇게 해서 4년하고 2개월 만에 나는 스물다섯이라는 나이로 다시 연애 전선에 뛰어들 처지가 되었다.

"나는 남자 친구가 있으니까 괜찮아"라며 몇 년씩이나 마음 놓고 있는 사이에 연애를 시작하는 방법은 전부 잊어버린 상태였다.

히로미쓰와는 대학 3학년 여름에 친구가 초대한 학생 교류 동아리의 여행 이벤트에서 알게 되었다. 같은 학년이었던 그에게 고백을 받고 그대로 사귀었으니 연애 경험은 한 사람 뿐이었다.

먼저 나서서 누군가를 만나겠다는 생각도 해본 적이 없었다. 도대체 만남은 어디에 있는 거지?

그러고 보면 교토라는 도시는 넓고도 냉정했다. 매일 아침 출근할 때 타는 게이한 전철 안에도, 귀가할 때 지나는 산조 역 지하도에도, 휴일에 가와라마치 거리를 걸어만 다

녀도 멋진 남자는 많다. 그런데 그런 남자들하고 만날 방법
은 없었다.

휴일에는 시내 카페에서 친구와 만나 "도대체 왜 우리는
남자 친구가 안 생기는 거니" "이제는 좋아한다는 감정도
잊어먹을 지경이야" "지금 썸 타는 남자 있어?"라며 서로
한숨 섞인 웃음을 지었다. 그게 나의 연애 활동이었다.

한 달에 몇 번인가 미팅에 불려 나간 적도 있다.

그런 날은 아침부터 기분이 좋았다.

나는 미술품 판매 회사에서 총무부 사원으로 일하는데,
9시에 출근해서 책상 앞에 앉자마자 밀린 영업 보고서를
한꺼번에 떠맡기는 상사나, 진품이 확실한 그림이니까 심
사 없이 현금으로 바로 1백3십만 엔을 달라며 한 치도 물
러서지 않는 고객의 전화나, 거래처 건물 벽에 차를 들이받
아 선배에게 걸어차인 덜떨어진 남자 동료에게도 상냥하
게 대했다.

그런데 대개 관심 있는 남자의 마음은 모두 다른 여자
차지였다.

쉬는 날에는 역시 드라이브지, 종합상사 업무는 보통 일
이 아니라니까, 그쪽에 좋은 가게가 생겼다던데, 라는 남자

들의 말에, 어쩌다 시간이 맞아서 같이 미팅에 나왔을 뿐 나와는 친하지도 않은 여자들이 "그렇군요" "와, 대단해" "꼭 가고 싶어요"라고 재잘거리는 소리를 들으며 어쩐지 기가 죽었다. 할 수 없이 큰 접시에 담긴 요리를 나눠주거나 뭘 마실 거냐고 물으며 돌아다녔는데, 그런 노력도 허무하게 ─ 긴장해서 제대로 하지도 못했지만 ─ 남자들은 결국 다른 여자들하고만 라인 메신저 아이디를 교환하고 어느새 승부는 끝나있었다.

그런 밤에는 산조 대교 위를 힘없이 걷다가 가모가와강 주변에 띄엄띄엄 앉아 사랑을 속삭이는 커플들 모습을 보며 외로움에 몸부림을 쳤다.

나는 혼자라고! 이 눈꼴신 커플들아, 하고 외치고 싶었다.

어떻게 될지 모른다는 마음에 한껏 머리를 말고 옷차림에 신경 쓴 만큼 더욱 비참했다.

그런 식의 미팅만 이어지며 여름이 끝나갈 무렵이었다.

술집과 학생들로 가득한 기야마치 거리를 빠져나가 약속한 이자카야의 개별 룸에 들어서자마자 몸이 확 달아올랐다.

맞은편 자리에 있는 남자가 슈트 차림의 꽃미남이었기 때문이다. 완전히 내 스타일이었다. 잠시 눈이 마주치자, 그는 데라사키입니다 하고 인사했다.

이미 그 사람의 목소리밖에는 아무 소리도 들리지 않았다.

스물여덟 살. 도쿄에서 나고 자랐다. 일류 국립대학을 졸업한 후에 교토에 살고 싶어서 교토의 이름난 외국계 기업 마케팅 부서에 취직했다고 한다. 차가운 듯 자신감 넘치는 태도에 몸이 떨렸다.

게다가 "미호 짱, 이런 데 불편한 것 같은데 괜찮아?" 하고 당연한 듯이 물어봐 주는 그 산뜻한 눈매와 매너 있는 모습에 완전히 쓰러질 것만 같았다. 실제로 몇 초 동안 몸을 가누지 못했다.

그날 밤, 한껏 용기를 내서 라인을 보냈다. 귀여워 보이도록 이모티콘도 잔뜩 넣었다. 혼자 사는 집에서 스마트폰을 흘깃흘깃 확인하며 요가를 한 지 40분 뒤 '띠링' 하는 소리와 함께 답장이 왔을 때는 메뚜기 자세를 한 채 하늘로 올라가는 줄 알았다.

그다음 주 수요일, 마치 표류하는 배처럼 나뭇잎이 빙글 빙글 떠다니는 다카세 강가의 이탈리아 레스토랑에 초대 받았을 때는 벌써 고백이라도 받은 듯한 기분이었다. 어디가 좋을지 내가 망설이자, 역시 인기 많은 남자답게 만날 시간과 장소를 전부 결정했다. 메뉴도 알아서 척척 시키고 취미로 하는 사이클링이나 동료 이야기로 분위기를 띄웠다. 그가 성의를 다하는 모습에 줄곧 가슴이 설렜다.

게다가 그는 "나도 긴장했어, 괜찮아"라며 대화에 서투른 나를 감싸주었다. 그때, 내 머릿속에서는 시라카와 거리에 있는 교회의 종소리가 울려 퍼졌다.

그런데, 왜 라인이 안 오지?

8월 하순. 나는 회사 컴퓨터에 전표를 입력하면서 옆에 놓아둔 스마트폰을 흘깃거렸다. 답장이 없었다.

어제는 고마웠습니다! 사주신 이탈리아 요리 엄청 맛있었어요. (이모티콘)(이모티콘) 긴장해서 이야기를 제대로 못 했지만 만나서 기뻤어요. (이모티콘) 다음에는 저도 자전거 타보고 싶네요. (이모티콘)(이모티콘) 다음 주부터 출장이라 바쁘실 것 같은데 꼭 또 불러주세요!

그 아래에 붙은 '읽음' 표시를 몇 번이나 노려보았는지 모른다. 그리고 너무 바빠서 답장을 깜박했을 거라고 결론 내렸다. 일주일 뒤에 추격 라인을 보냈다.

안녕하세요! 교토에는 언제 돌아오세요? (이모티콘) 이번 주쯤일까요? (이모티콘)

그 메시지에도 '읽음' 표시만 있고 답장은 없었다.

두 달이 지났다. 여전히 미련이 남아 스마트폰만 신경 쓰는 바람에 회사의 소장품 원가 리스트를 청소 업자에게 보내고 말았다. 허둥지둥 상사에게 사과하자 "출입하는 업자하고는 기밀 유지 계약을 맺었으니까 괜찮긴 한데"라는 말과 함께 한숨 소리를 들어야 했다.

그 일이 있고 난 뒤에 상사와 영업 사원이 복도에서 말하는 소리를 들었다.

"쟤, 일은 그럭저럭하는데, 뭔지 모르게 아쉬운 느낌이야."

"일도 그렇지만요, 왠지 남자한테도 인기 없을 것 같죠."

그 말은 날카로운 칼날처럼 가슴을 찔렀다.

일이 끝나고 난 뒤, 어느새 크리스마스 분위기에 물든 가와라마치 거리에서 호객꾼들을 거절하며 걷다 보니 문득 혼자 사는 방이 떠올랐다. 아무도 없다. 보기 좋게 차인 여자에게 따스함이라고는 충전한 스마트폰밖에 없었다. 바람이 매서워 베이지색 트렌치코트의 벨트를 조이는데 갑자기 취해버리고 싶었다.

눈에 띈 건물 2층으로 올라가 아이리시 펍의 문을 열었다. 생각보다 손님은 적었다. 나는 카시스 오렌지 칵테일을 주문했다.

벽에 있는 대형 스크린에서는 해외 축구 경기가 흘러나오고 있었다. 선수 한 사람이 멋지게 골을 넣는 장면을 보고 '연애도 축구처럼 단순하면 좋을 텐데'라고 생각했다.

또다시 습관처럼 스마트폰을 꺼냈다. 물론 라인은 오지 않았다. SNS를 확인하니 고향 친구가 두 번째 아이를 출산했다는 소식이 올라와 있었다. 첫째가 있다는 것도 몰랐는데.

그 반짝반짝한 사진이 견딜 수 없어서 '좋아요'도 누르지 않고 스마트폰을 엎어버렸다.

앞으로도 쭉 혼자일지 몰라.

가방에서 복숭아 맛 민트 캔디 하나를 꺼내 파삭 하고 깨물었다. 아, 그렇지. 연말에는 혼자서 해외여행이라도 갈까. 어차피 인생은 제각각이다. 애인 없다고 못 사는 것도 아니고, 차라리 연애는 한동안 쉬어도 괜찮지 않을까.

그때, 가게 안에 남자 두 명이 들어왔다.

둘 다 키 큰 꽃미남이라서 눈길이 갔다. 머리까지 왁스로 정돈하고, 달콤함과 쌉쌀함으로 뭉쳤습니다, 라는 느낌의 상냥해 보이는 남자와 와일드한 남자. 저도 모르게 그만 시선이 따라간다.

꽃미남 콤비는 음료를 기다리는 동안 주변을 둘러보았다. 어느 자리에 가서 말을 걸지 물색하는 게 틀림없었다. 나는 직감적으로 한가운데 테이블에서 백화점 쇼핑백을 늘어놓고 앉은 여자 세 사람에게 갈 것으로 생각했다.

정말 그쪽으로 걷기 시작했다.

그런데 몇 초 후, 그 테이블 옆을 그대로 지나쳐서 마치

빨려 들어가듯 향한 곳은 벽 쪽에 있는 자리였다. 남자들은 "실례합니다" 하고 말을 걸었다.

눈을 의심했다.

그 자리에는 귀엽지도 예쁘지도 않은 여자가 있었기 때문이다.

오동통한 체형에 셔츠 옷깃을 세운 블랙 슈트. 안으로 컬을 넣은 검은 보브 헤어에 새빨간 입술과 진한 눈썹, 그리고 강렬한 아이 메이크업. 미드에 나오는 커리어우먼 같은 분위기였다. 언뜻 보기에는 결코 눈길을 끄는 타입이 아니다. 오히려 내가 더 나은 거 아니야? 그런데 남자들은 비위를 맞추듯 굽실거리며 관심을 끌려고 하고 있었다.

차가운 글라스를 움켜쥐었다. 나도 노력하고 있단 말이야.

눈앞에 엎어 놓은 스마트폰을 보며 슬퍼졌다. 저 여자는 도대체 무슨 마법을 부린 거지?

드디어 남자들이 스마트폰을 꺼내 연락처를 교환하자는 시늉을 하고 있었다.

겨우 20분 사이에 그녀는 인생의 프리미엄 티켓인 꽃미남 연락처를 두 개나 따낸 것이다. 남자들은 벽시계를 보더니 아쉬운 듯 밖으로 사라졌다.

나는 자신과 그녀의 글라스가 비었다는 사실을 알아차렸다. 그 순간, 지갑과 가방을 들고 바 카운터로 향했다. 자신도 이유를 알 수 없었다.

"저기, 저쪽에 있는 여자가 마시는 건 뭐예요?"

"오리지널 칵테일입니다." 점원은 그 여자가 있는 쪽을 바라본 뒤, 마치 그녀가 마셔주는 것이 영광이라는 듯 자랑스러운 표정을 지었다. "루주 앤 레이디."

용기를 내서 체리가 들어간 그 레드 칵테일을 두 손에 들고 벽 쪽 자리로 향했다. 그녀는 무엇인가 내가 알지 못하는 인생의 비밀을 알 것만 같았다.

나는 테이블에 글라스 두 개를 기세 좋게 내려놓았다.

그녀는 놀란 기색도 없이 나를 올려다보았다. 두꺼운 아이라인에 감싸인 눈동자는 조금도 흔들리지 않았다. 그런데 이상하게 거절하는 느낌도 없었다. 오히려 조금 전의 꽃미남처럼 나도 그녀의 마법에 빨려 들어갔을 뿐, 전부 그녀의 계획인 것만 같았다.

"저, 외로워요. 이 나이에 어떻게 하면 사랑받을지 모르겠어요."

내 입에서 흘러나온 말이지만 정말 한심한 대사였다.

하루아침에 보기 좋게 남자 친구한테 차였다. 미팅도 잘 안 풀리고, 어쩌다 데이트한 남자한테서는 라인 답장도 없는 비참한 꼴이었다.

그래서 더더욱 아무한테도 말하지 못한, 다 큰 여자의 외침이었다.

그녀는 미소를 짓고 다리가 긴 칵테일글라스에서 체리를 집었다.

"알았으니까 일단 앉아보세요. 그러면 인기 있는 여자로 만들어줄 테니까."

"하지만." 나는 자리에 앉자마자 말했다. "나는 인기를 원하는 게 아니에요. 한 사람이랑 오래도록 사귀고 싶은 거지. 즐기고 싶은 것도 아니고. 인기 있는 사람은 왠지 피곤하잖아요. 아니, 내가 그렇다는 게 아니라. 그렇잖아요. 남자들이 밥 사주고 집까지 데려다주고 선물 공세를 펼치고.
오히려 신경 쓰게 되잖아요. 물론 그런 삶도 좋지만, 주변
에 인기 많은 여자들은 어쩐지 피곤해 보인다고요."

"질문." 그녀는 집게손가락을 세웠다. "당신은 인기 많은
여자에 대해 뭘 알지?"

"아니, 그냥 들은 얘기예요."

"인기 있는 여자가 '멋진 남자한테 초대받았다, 부럽지?'
'일요일에 혼자서 식사해 본 적 없어' '꽃미남하고 길을 걸
으면 즐거워'라고 일일이 알리고 다니지 않잖아? 여자들
질투만큼 성가신 일이 없는데 말이야. 인기 있는 여자는 남
자들이 떠받들어주니까 어렸을 때부터 그런 호의에는 익
숙해. 그런 여자만이 할 수 있는 경험이지. 당연하잖아."

"그래도."

"그걸 먼저 인정하라고." 여자는 허공에서 오른손을 쥐
었다. "당신 말은 손에 닿지 않는 포도를 보고 '저건 신 포
도야'라며 자신을 달래는 거랑 같아."

"그래도 남자한테 꼬리 치는 그런 인생은 살고 싶지 않
아요." 나는 화가 치밀었다. "식사를 대접받아도 신경만 쓰
이고. 그럴 바에는 내 돈으로 가고 싶은 가게에 가고 말지.
아무도 신경 안 써도 되니까 좋고. 부럽지도 않아요."

"부럽지도 않다고?" 그녀는 빙긋 웃었다.

"전혀요." 나는 칵테일을 마셨다. 도수가 너무 높아서 바로 사레가 들렸다.

그녀는 고개를 저었다. 나의 테스트 결과는 0점인 것 같았다. "애초에 식사는 남자가 사는 게 당연하다는 생각이 틀렸어. 여전히 전근대적인 사고방식을 가진 인기 없는 여자 그 자체네."

"그게 여자로서의 매너잖아요." 나는 지지난달의 데이트를 떠올렸다. 데라사키 씨가 사주겠다고 해서 지갑을 도로 집어넣고 예의를 차렸다.

"그건 이미 인기 있는 여자의 매너." 그녀는 붉은 손톱으로 와인글라스 다리를 콕콕 찔렀다. 비슷하게 붉은 액체가 흔들렸다. "남자는 산봉우리의 꽃에는 기꺼이 돈을 내지. 하지만 그렇지 않은 여자한테는 돈을 쓰고 싶어 하지 않아. 당연히 얼굴에 내색은 안 하지만 머릿속으로는 데이트 비용을 계산하고 있을걸. 우리하고 똑같아. 오히려 데이트 비용은 남자가 책임져야 한다는 고정 관념 때문에 곤란해 한다는 걸 이해해 주라고."

"그래도 그쪽에서 지갑을 꺼냈단 말이에요."

"질문." 그녀는 집게손가락을 세웠다. "첫 데이트의 목적은 어디에 둬야 할까?"

"네? 그게 무슨?"

"인기 없는 여자는 질문에 대답할 것."

내가 대답하지 못하고 멍하니 있자 그녀는 후 하고 한숨을 쉬었다.

"첫 데이트의 목적은 다음 데이트로 이어가는 거야. 그뿐이지. 그러려면 상대방의 심리적인 부담을 줄여줘야 해. 어쨌든 초반에는 남자의 체면을 세워주면서도 비용이 들지 않는 여자가 되라고. 당신은 억지로라도 얼마 정도는 냈어야 해."

"그런 건 그쪽에서 거절할 거예요."

"진심으로 거절하는 남자는 없어. 결국 당신이 진짜 돈을 낼 마음이 있었는지 남자는 다 꿰뚫어 본다고. '또 식사하고 싶어서 그래요'라고 말하면 그만이야. 돈을 놓고 얼른 가게를 나와도 좋지. 그런 여자를 남자가 어떻게 생각할 것 같아?"

문득 내려다 보니 내 루즈 앤 레이디는 반으로 줄어있었다.

"괜찮은 사람이라고 생각할지도 모르겠네요."

"그래. 그리고 남자는 그런 여자를 찾고 있지. 돈이 드는 높은 봉우리의 꽃과 돈에 대한 관념이 제대로 박힌 평범한 여자. 남자가 어느 쪽을 파트너로 고를 것 같아? 즐기는 게 아니라 진심으로 생각했을 때."

"그건… 평범한 쪽이요. 결혼이나 장래도 생각할 테고."

"그럼 우리는 어느 쪽을 목표로 해야 할까?"

나는 입을 다물었다. 단순한 논리라서 오히려 반론하기 힘들었다.

"물론 누가 계산을 하느냐는 하나의 예에 지나지 않아. 그런 일은 상황이나 입장에 따라 얼마든지 달라지니까. 중요한 건 상식이라고 생각하는 걸 의심하라는 말이야."

"그러니까, 대접을 받는 게 정답일 때도 있다는 말이에요?"

"알겠어? 어디서 주워들은 매너를 곧이곧대로 믿지 말라고. 자기만의 원칙을 가져야 해. 계산뿐만이 아니야. 당신은 남자한테 대우받겠다는 생각이 몸속 깊이 배어있어. 그러니까 미팅에서 만난 남자하고 어쩌다 데이트를 해도 그다음 날부터 라인은 읽씹 상태지."

"잠깐만요." 나는 깜짝 놀랐다. "어떻게 아세요?"

"아까부터 바보처럼 그걸 신경 쓰고 있으니까 그렇지."

내 손은 스마트폰을 꽉 움켜쥐고 있었다.

"그런데도 '그 사람은 일 때문에 바쁘겠지'라고 이해하고 있겠지."

"맞아요. 그렇잖아요, 출장 간다고 말했으니까. 혹시 지난주에 같은 가게에 있었어요?"

"당신 같은 팬케이크 여자가 생각하는 것쯤이야 좀비 영화에서 차례로 죽는 캐릭터처럼 바로 알 수 있지. 일이 바빠도 답장이야 얼마든지 할 수 있어. 당신이 손에 넣고 싶은 여자라면."

"그래도."

"우선." 그녀는 손가락을 딱 하고 튕겼다. "그 '그래도'라고 시작하는 버릇을 고쳐. '그래도, 아니, 왜냐하면'처럼 부정부터 하고 보는 건 상대방을 받아들이지 못하는 약한 인간의 버릇이야."

나는 몇 초 동안 얼어버렸다. 그다음에 겨우 깨달았다. 그 순간도 '그래도'라고 말하려고 입술을 삐죽이고 있었으니까.

"죄송합니다. 정말 그러네요. 조심할게요."

그녀는 글라스 다리를 손톱으로 따라 그리며 웃었다.

"고분고분한 팬케이크 여자를 위해 좀 더 가르쳐 주지. 마음 아프겠지만 그 남자한테서는 영원히 답장 안 올 거야."

"아니에요!" 나는 목소리를 높였다. 지난번 데이트는 느낌이 좋았다. 최근에는 데라사키 씨의 프로필 사진을 쳐다보며 또 연락해볼지 고민하던 중이었지만.

그녀는 속마음을 들여다본 듯 말했다. "말해두는데, 혹시 정말로 그 사람하고 잘되고 싶으면 절대로 추격 라인은 안 돼."

"왜요?"

"기분 나쁘잖아."

나는 할 말을 잃었다. "기분 나쁘다고요? 어째서요?"

"부담스럽지. 답장 없는 라인은 최소 일주일은 그대로 둘 것. 그리고 '오늘 너무 춥지 않아요?' 정도로 짧게 보내는 거야. 상대방한테 친밀감이나 설렘을 느끼고 싶은 건 알아. 하지만 그래서야 참지 못하는 어린애하고 뭐가 달라. 남자를 손에 넣으려면 먼저 여자로서의 욕구를 억누르라고."

"네? 그래도 좋아하는 사람하고 주고받는 메시지를 어떻게 참아요?"

"그러니까 당신은 팬케이크 여자라는 거야."

"아니, 아까부터 그 팬케이크 여자라는 건 도대체 뭐죠?"

"당신처럼 머릿속에 달콤한 팬케이크가 가득한 여자."

"달콤한?" 나는 오른손에 힘을 주었다. 테이블 위에서 루주 앤드 레이디가 흔들렸다.

"나는 아주 현실적인 일을 말하는 거예요. 인기 있는 여자가 되는 것보다 좋아하는 단 한 사람을 찾는 쪽이 훨씬 제대로 된 거 아니에요? 별로 눈이 높은 것도 아니고, 수입이 많은 남자나 꽃미남을 찾는 것도 아니라고요."

"그저 나만 사랑해 준다면?"

나는 반항적인 눈으로 "맞아요"라고 말했다.

"팬케이크 아가씨." 그녀의 입술이 내 귓가에서 움직였다. "누구한테도 사랑받지 못하는 여자는 단 한 사람한테도 사랑받지 못하는 법이야."

"그런 건 말장난이에요."

"그럼, 지금 당신을 사랑해 줄 단 한 사람은 어디에 있지?"

"지금은 없지만요." 나는 도망치듯 칵테일을 입에 가져갔다. "요즘 만날 기회가 없어서요."

"그럼, 과거에 만난 남자는 진심으로 사랑해 줬어? 완벽하게 만족했어?"

전 남친 히로미쓰의 얼굴이 머릿속에 떠올랐다. 가슴이 따끔하게 아팠다.

"알겠어?" 그녀는 집게손가락을 세웠다. "여자들 대부분은 '나만 사랑해 줘'라고 말하는 주제에 다른 여자하고 똑같은 행동만 해. 아직도 남자들이 코웃음 칠만한 잡지의 연애 칼럼을 믿는다니까. 그래서야 줄 서는 식당의 팬케이크처럼 똑같은 맛을 가진 여자가 될 뿐이지. 그러면서 자기는 다르다고 자존심을 세워. 그런 여자가 단 한 사람의 남자한테 사랑받을 수 있겠어? 우연히 그저 그런 남자가 관심을 보여서 연인이 될지도 몰라. 결혼도 할 수 있을지 모르지. 하지만 그런 걸 스스로 획득한 사랑이라고는 할 수 없어. 길에 버려진 고양이 중에서 어쩌다 선택된 것 같지 않아? 당신이 원하는 사랑이라는 게 그런 거야?"

"아니요. 그러니까, 잘 설명하기 힘든데⋯."

"백마 탄 왕자님?"

"저도 어른이에요. 그런 게 없다는 건 잘 안다고요."

"당신의 본모습을 알려주지." 그녀는 집게손가락을 권총처럼 내밀었다. "팬케이크 여자란 '백마 탄 왕자님은 없어'라고 말하면서 결국에는 마음속 어딘가에 '언젠가 운명적

인 만남이 찾아올 거야'라고 믿는 응석받이 여자를 말하는
거야. 스스로 행동하지 않고 소극적으로 언젠가 행복해질
거라고 믿는 여자. 남자가 불러주기를 기다리기만 하고 먼
저 손을 내민다는 생각은 하지 않는 여자. 노력도 안 하고
자기가 인기 없는 걸 '만남이 없어'라는 편한 말로 핑계 대
는 여자. 생긋생긋 웃는 얼굴로 살갑게 굴면서 언젠가 그럭
저럭 괜찮은 남자가 자기를 선택해 줄 거라고 믿는 여자."

"아니, 말이 너무 지나친 거 아니에요?"

"당연하지." 그녀는 집게손가락 권총을 후 불었다. "아무
도 안 해주는 말을 내가 해주는 거니까. 진실은 아픈 법이
야. 도망치려면 마음대로 해."

나는 입술을 깨물었다. 오기로라도 자리를 떠야 하나 싶
었다.

"인기가 없다기보다 그냥 평범한 거예요. 내가 먼저 제
안한 적도 있단 말이에요."

"어차피 '다음에 밥이라도 먹으러 갈래요?' 라고 말해놓
고 기다리는 거? 무시당해도 상처받지 않는 별 볼 일 없는
문자를 보냈을 뿐이겠지."

나는 의자에서 떨어질 뻔했다. "어떻게 내용까지 아시는
거예요?"

"만약 데이트하더라도 식당은 잘 모른다면서 전부 남자한테 맡기고."

"그거야, 네, 그러긴 했는데. 반성할게요."

"밥을 먹을 때도 신변잡기만 늘어놓거나 열심히 듣기만 하고. 그러면서 자기가 귀엽다고 생각하지. 대화란 재밌는 얘기를 듣는 거지 설마 자기가 재밌게 만드는 거라는 발상은 티끌만큼도 없어. 그런데 말이야, 책임지는 사람이 좋은 커뮤니케이션을 할 수 있는 거야." 그녀는 내 턱을 들어 올렸다. "가련한 여자라는 이름의 팬케이크."

"사람한테 그림 제목 같은 거 붙이지 마세요." 나는 그녀의 손을 뿌리쳤다.

"아름다운 사랑을 하고 싶다면서 한 꺼풀 벗겨보면 '사랑받고 싶어, 사랑받고 싶어'라는 욕구불만 덩어리가 소용돌이치고 있지. 아아, 어지러워라. 영원히 채워지지 않는 여자의 히스테리."

"멋대로 단정 짓지 말라니까요."

"그럼, 당신은 사랑받는 대신에 남자한테 뭘 줄 수 있지?"

나는 말문이 막혀서 눈을 깜박거렸다.

뭘 줄 수 있냐고? 히로미쓰한테 차이고 난 다음에 데라사키 씨하고 데이트했지만 연락이 닿지 않는다. 나는 그들에게 무언가 준 게 있나? 무언가를 주었다면 결과는 달라졌을까?

"그렇게 다 죽어가는 붕어 같은 얼굴 하지 마."

"누가 다 죽어간다 그래요."

"그런 분노는 자기한테 터뜨리라고." 그녀는 웃었다. "현실은 원래 힘든 법이지. 그래도 도망치지 않고 똑바로 마주하는 여자만이 진짜 인기를 손에 넣을 수 있어. 걱정하지 마. 내가 당신을 위해 참신한 연애 교과서가 되어줄 테니까."

"참신한 연애 교과서?"

"그래." 그녀는 붉은 칵테일에 입술을 댔다. "어린애 눈속임 같은 사랑의 주문 따위는 필요 없어. 지금 당신에게 가장 필요한 거지?"

그 순간 심장이 덜컹 내려앉았다.

이대로는 안 된다. 줄곧 그렇게 느꼈다. 그게 뭐였는지 지금 확실히 알게 됐다. 어렸을 때 읽은 이야기는 반만 맞았다. 운명의 상대는 있을지도 모른다. 하지만 나를 데리러

오지 않는다. 내가 직접 맞으러 가야만 하는 것이다.

"내 이름은 베니코." 그녀는 손을 내밀었다. "편하게 베니코 씨라고 불러."

"미호예요." 나는 남은 루즈 앤 레이디를 단숨에 마셨다. 목과 가슴이 확 뜨거워지는 걸 참으며 그 손을 잡았다.

"당신의 방식으로 정말 사랑받을 수 있는지 실험해 보겠습니다."

제2장

언제나 주인공처럼
당당할 것

지금까지 몇백 곡, 몇천 곡이나 사랑 노래를 들었을까.

그러고 보면 이 세상은 한결같이 사랑의 아름다움을 찬양하면서 사회도 가족도 학교도 다른 어른들도, 막상 남자 앞에서 어떻게 하면 좋을지 한 번도 가르쳐주지 않았다. 그러니까 베니코 씨에게 사랑에 대해 배우는 것은 태어나서 처음 하는 경험이었다.

"레슨 원." 베니코 씨가 말했다. "일단 눈을 바라볼 것."

"눈이요?"

"당신은 말할 때 눈을 피하는 버릇이 있어. 봐, 지금도. 다시 나하고 눈을 마주치도록 해봐. 상대방이 눈을 피할 때까지 계속 보는 거야. 이게 '아이 콘택트'라는 스킬."

하지만 몇 초 뒤, 다시 베니코 씨의 진한 아이메이크업에서 눈을 돌리고 말았다.

상대방의 얼굴을 바라보는 일은 긴장도 되고, 어쩐지 몸이 근질근질하다. 이렇게 어려운지 몰랐다.

우리는 가모가와강 옆에 있는 벽돌 건물이 고풍스러운 카페에 갔다. 소파 자리에 앉아 창문 너머로 산조 대교를 바라보았다. 다리 위는 12월의 차가운 공기 속에서 교토 시민과 관광객들로 북적거렸다.

"그게 무슨 훈련이 된다는 거예요?" 나는 아이스 말차 라떼를 마시고 다시 베니코 씨를 쳐다보았다.

"불쌍한 팬케이크 아가씨." 베니코 씨는 컵을 들고 미소 지으며 머리를 살짝 기울였다.

"미호예요." 나도 덩달아 머리를 기울였다.

"자신감을 갖기 위해서지." 베니코 씨가 말했다. "사람의 의지는 눈에 깃드는 거야. 옆집에 사는 사람도, 편의점 점원도, 동료라도 좋아. 어쨌든 아이 콘택트를 연습하도록."

"그거하고 인기 있는 여자가 되는 거하고 관계가 있어요?"

베니코 씨는 웃었다. "대답은 완전히 예스. 자, 그런 인기 없는 질문은 일단 놔두고, 착한 아이는 일주일 정도 연습해 보도록."

다음날부터 나는 아이 콘택트를 시도했다.

아침 8시, 교토시 지정 노란색 쓰레기봉투를 손에 들고 현관문을 여는데 마침 옆집에 사는 여자와 마주쳤다. 평소라면 서로 무시했을 것이다.

그러나 그날은 달랐다.

얼굴이 마주친 순간 첫 번째 타깃이라고 단단히 별렀다. 아침 화장을 마친 얼굴에 힘을 준 뒤, 눈을 동그랗게 뜨고 번쩍번쩍 레이저빔을 쏘았다. 이제 나의 포로가 되겠지.

그러나 옆집 사람은 위험한 것이라도 본 듯한 얼굴로 인사를 하고 허둥지둥 계단을 내려갔다.

2분 뒤, 전신주 아래에 쓰레기를 내놓으며 창피해서 죽고 싶었다.

다음은 역 앞에 있는 편의점이었다.

평상시처럼 복숭아 맛 민트 캔디를 손에 들고 계산대 앞에 섰다. 계산대에는 곱슬머리에 안경을 쓰고 어쩐지 무료해 보이는 꽃미남이 있었다. 두 번째치고는 너무 어려운 거 아니야?

나는 계산대에 민트 캔디를 내려놓고 아이 콘택트를 하려고 고개를 들었다. 안경을 썼든 꽃미남이든 질까 보냐. 안경 너머로 맑은 눈동자가 보였다.

나는 빛의 속도로 얼굴을 돌리고 지갑에서 동전을 찾는 척했다. 일 엔 동전을 좀처럼 꺼내지 못해 얼굴이 달아오르는 것이 느껴졌다. 포기하고 천 엔 지폐를 꺼냈다. 그리고 "영수증 필요하세요?"라는 말에 헉, 하는 소리를 흘리고 달아났다.

아침부터 아이 콘택트 2연패.

그런데 회사에 가보니 나보다 더 무너질 듯 한숨을 쉬는 사람이 있었다.

야나기 씨였다. 입은 셔츠는 깨끗한데도 어딘지 말쑥하지 않았다. 스스로 다림질한다는 느낌이랄까. 그 사람을 그대로 보여주는 듯했다.

"왜 그래?"

"아침부터 속이 너무 쓰려서." 야나기 씨는 가방에서 노트북과 두꺼운 서류 뭉치를 꺼내고 배를 문질렀다. "매일같이 출근해야 한다는 생각에 이래. 전철에 타는 순간부터 끝이야."

"영업은 정말 힘든 것 같네."

"내 잘못이야. 얼마 전에도 회사 차를 거래처 건물 벽에 들이받았잖아. 어제도 그림을 착각해서 선배한테 혼나고.

미술품은 좋아하지만 나는 영업에는 안 맞는 것 같아. 원래
는 미술관 연구원이 되고 싶었는데."

그 순간 시선이 마주쳤다.

나는 바로 지금이다, 하는 마음으로 야나기 씨에게 아이
콘택트를 시도했다. 그러자 3초 정도 눈을 마주친 후에 야
나기 씨는 시선을 휙 돌리고 가방에서 물통을 꺼냈다. 그것
때문에 얼굴을 숙였다고 말하고 싶은 듯했다.

그럼 이거라도, 하면서 오래전부터 책상에 있던 위장약
샘플을 주자 그는 기뻐했다.

그 이후로 마음이 편해졌다. 일하면서 상대방 이야기를
들을 때도 아이 콘택트를 할 수 있게 되었다. 그러자 재치
있는 맞장구를 칠 수 있고, 이야기 내용도 확실하게 머릿속
에 들어온다는 사실을 알았다.

사람들이 의외로 부끄러운 듯이 눈을 피한다는 것이 놀
라웠다. 서류를 보거나 기침을 하는 등 핑계 삼아 시선을
돌렸다.

며칠 동안 시도해 보는 사이에 그런 모습까지 관찰할 수
있게 되었다.

"요즘 왠지 분위기 바뀌지 않았어? 뭐지?"

어느 날 아침, 야나기 씨가 자기 마음에 든 위장약을 먹은 후 물었다.

"어? 뭐가?" 나는 놀랐다. 이때만은 시선을 돌리고 말았다.

그는 내 얼굴을 가만히 바라본 다음에 "자세가 좋아졌나? 그런 느낌이야." 하며 고개를 갸웃거렸다.

설마 사랑받는 여자가 되는 실험을 하고 있다고는 말할 수 없었다.

일주일이 지난 후에는 재미있는 일이 생기기 시작했다.

전에는 출근하는 전철에서 괜찮은 남자와 눈이 마주쳐도 고개를 돌렸다.

그런데 자연스럽게 아이 콘택트를 하자 상대방이 시선을 피하거나 오히려 나를 쳐다봐 주는 일까지 생겼다. 미소로 대답하면서. 그럴 때는 비밀 암호를 주고받은 듯해서 가슴이 뛰었다.

다음 날 밤, '여기야'라며 메시지로 가게 이름을 받았다. 시조키야 거리의 프랑스풍 찻집이었다.

하얀 입김을 토하며 그 서양식 문을 열었을 때 꽃병에 꽂힌 하얀 백합이 흔들렸다. 하얀 벽에는 복제화가 걸려 있고, 밤을 보내는 어른들이 바로크 양식 테이블과 의자 사이로 흐르는 클래식 음악을 들으며 차를 마시고 있었다. 서양의 수도원 같았다. 사진을 찍으려다가 안쪽 자리에서 얼굴을 찌푸리는 베니코 씨와 눈이 마주쳤다. 스마트폰을 얼른 가방에 집어넣었다.

"옆집 사람과는 서로 인사하게 됐어요." 나는 붉은 벨벳 의자에 앉았다. "다음에는 시골에서 보내주는 귤을 나눠준다는 얘기도 하고. 매일 아침 평화로워요. 하지만 편의점 안경 남자는 여전히 무리예요. 동료인 야나기 씨라면 식은 죽 먹긴데. 꽃미남이라서 너무 긴장하고 마는 걸까요?"

"아마도." 베니코 씨는 타이츠스커트 사이로 보이는 통통한 다리를 꼬았다.

"지금도 아이 콘택트가 되네." 베니코 씨는 커피를 마셨다. 프랑스 국기를 본떠 새긴 귀여운 컵이었다. "이 방법은 파티나 미팅, 비지니스할 때도 사용할 수 있어. 상대방과 내가 어떤 상태인지 판단할 수 있지. 얼굴을 똑바로 쳐다봤을 때 눈을 피하는 쪽이 심리적으로 부담을 느낀다는 말이야. 연애에서는 가벼운 호감 신호로도 볼 수 있어. 그리고 아이 콘택트를 하면서 그 관계를 단단히 하거나 뒤바꿀 수도 있는 거야."

"무술 비법 같은 얘기네요. 엄청 깊은 뜻이 있었어."

"그리고 아주 단순하지. 들개가 싸울 때도 눈을 피하는 쪽이 지니까. 이건 동물의 습성을 이용한 것뿐이야."

"아이 콘택트로 자신감이 붙는 건 잘 알겠어요. 지금까지 왜 이렇게 쉬운 것도 못 했을까."

"여자는 기다리면 안 돼." 베니코 씨가 말했다. "쟁취하러 가는 거야. 의외로 쉽게 손에 들어와."

그때, 베니코 씨의 가방 안에서 스마트폰 진동음이 들렸다.

"그러고 보니 꽃미남 2인조하고 라인 교환했죠?"

"아아, 그치. 그 둘 중 하나인 것 같아."

"네?" 나는 커피를 뿜을 뻔한 입을 막았다. "그 꽃미남 콤비요? 정말로? 베니코 씨, 전에 내 라인에는 답장이 안 올 거라고 말했었죠? 저기, 지금 라인 테크닉 좀 가르쳐 주시면 안 돼요? 답장 어떻게 보내야 돼요?"

베니코 씨는 귀찮은 표정이었다. 그러나 다리를 바꿔 꼬면서 턱에 손을 대고 "하긴, 오늘 얘기에 딱 좋겠네" 하고 스마트폰을 꺼냈다.

지난주는 즐거웠습니다! 바이크에 흥미 있어요? 혹시 괜찮으면 헬멧 준비할 테니까 다음번에 투어링하실래요? 해산물 맛있는 식당에 가고 싶은데.

나는 얼굴이 화끈거렸다. 연애 수준 떨어지는 팬케이크 여자가 보기에도 이런 메시지는 완전히 열렬한 대시로 보였다.

그런데 베니코 씨는 숨을 내쉰 뒤 스마트폰을 끄고 가방에 넣었다. 컵을 입에 대며 눈을 감았다. "여기 커피는 맛있어. 교토에서도 제일일걸. 신선한 크림을 넣으니까 그윽한 단맛이 나."

"저기요." 나는 테이블에 두 손을 짚었다. "읽음 표시도

붙었으니까 이쪽이 읽었다는 거 들켰다고요. 이러다 꽃미남 도망가요."

"괜찮아." 베니코 씨가 말했다. "남자가 보낸 라인은 읽씹해도 돼."

"뭐라고요? 기분 나쁠 텐데요."

"그건 인기 없는 여자의 착각이지. 이렇게 라인이 와 있잖아?"

나는 입을 다물었다. 조금 전에 온 열렬한 문자를 떠올렸다.

"질문." 베니코 씨는 집게손가락을 세웠다. "사랑받는 여자는 원래부터 그렇게 타고난 걸까? 그러니까 사랑받지 못하는 여자는 무슨 짓을 해도 평생 사랑받지 못해?"

"그럴 리가. 그렇지 않다고 믿고 싶네요."

"정답." 베니코 씨는 손가락을 튕겼다. "분명히 아무것도 안 하는데 사랑받는 여자도 있어. 그건 그 여자들이 선천적으로 그런 스킬을 몸에 지니고 있어서 그래. 알겠어? 인기를 얻는 데는 방법이 있어. 피아노 연주나 자전거 타는 요령하고 똑같아. 후천적으로 획득하는 스킬이라고."

"그런 건 아무리 베니코 씨가 말해도 역시 믿기 어려워요."

"왜?"

"인기라는 건 일부 사람들만 가진 거 아닐까요? 인기 있는 애는 어딜 가도 인기 있고, 평범한, 아니 나 같이 인기 없는 사람은 아무리 노력해도 상대해 주지 않는다고요."

나는 테이블 위 얼음이 녹은 잔을 쳐다보았다. 귀여운 애는 교실 한가운데에서 인기 있는 남자애들과 웃고 떠들었다. 저쪽은 인기 있는 여자, 이쪽은 인기 없는 여자. 유행하는 잡지에 나온 대로 화장을 해도 쳐다봐 주지 않는다. 회사에서도 미팅에서도 거리에서도. 남자는 예쁜 여자와 지나쳐갈 때만 뒤돌아본다. 그런 일만 아프도록 당해왔는데.

"아이 콘택트."

그 말에 고개를 들었다. 시선을 마주하니 베니코 씨는 부드러운 표정을 지었다.

"하나." 베니코 씨는 희미하게 고개를 저었다. "우선, 노력해도 소용없다는 말은 하면 안 돼. 물론, 욕구 불만인 여자가 쓴 널리고 널린 연애 칼럼처럼 잘못된 노력을 거듭해봐야 인기를 얻을 수는 없어. 하지만 그거하고 이건 달라. 사람은 살아가는 동안 노력하지 않으면 안 돼. 성장해야 하는 거야. 그 자체를 의심하면 안 되지."

"죄송합니다."

"그리고 몇 번이나 말하지만, 인기는 몸에 익힐 수 있는 기술이야. 그걸 위한 이론이 있어." 베니코 씨는 미소 지었다.

"그 증거로 나는 내가 왜 인기 있는지 설명할 수 있어. 당신도 내 외모가 결코 뛰어나지 않다는 건 알지? 그러니까 아이 콘택트도, 읽씹도 마찬가지. 전부 스킬이야."

"무슨 말인지 모르겠어요."

"그걸 '연애 인지학'이라고 불러."

"연애 인지학?" 나는 낯선 단어를 입으로 따라 했다.

"나는 연애를 연구했어." 베니코 씨가 말했다. "온갖 장르의 심리학이나 생물학을 연애에 특화한 커뮤니케이션 시스템을 만들었지. 그게 연애 인지학이야. 그럼 이제 팬케이크 여자를 위해 설명해 볼까. 인기 있는 여자란 무엇인지를."

찻집에서의 시간이 멈춘 것만 같았다. 사랑받는다는 건 뭘까. 그 비밀이 밝혀지는 순간이었다.

"도대체 인기 있다는 건 뭘까?" 베니코 씨는 집게손가락을 세웠다.

"자기가 좋아하는 사람이나 여러 남자들이 좋아해 주는 거 아닌가요?"

"그렇지. 그런데 어떤 여자가 인기 있어?"

"결국, 귀엽거나 예쁜 여자죠. 그리고…." 나는 고풍스러운 천장을 올려다보았다.

"남자가 외모로 여자를 선택하는 이유가 뭐라고 생각해?"

"네? 그거 유전자나 뭐 그런 얘기인가요?"

베니코 씨는 고개를 끄덕였다. "젊고 예쁜 여자를 선택하는 이유는 안전하게 건강한 자손을 낳기 위해서라고 하지. 그리고 또 다른 이유는 알아?"

"아니요."

"인기 있는 유전자를 후세에 남기기 위해서야." 베니코 씨가 말했다. "쉽게 말하면, 생물은 자기 유전자가 계속해서 이어지길 바라는 거지. 그러니까 자신의 아이가 유전자를 남길 수 있는 인기 있는 사람이길 바라는 거야. 그래서 인기 있어 보이는 여자의 유전자를 손에 넣고 싶어 해."

"정말 그러네요. 아무리 건강해도 그 아이가 인기 없으면 유전자를 남기지 못하니까요."

베니코 씨는 생각에 잠긴 얼굴로 컵에 우유를 넣었다. 스푼으로 젓자 커피에 하얀 액체가 퍼진다. "사람은 인기 있는 이성을 손에 넣고 싶다는 욕망이 있어."

"그러니까 예쁜 애들만 득 보잖아요. 짜증 나지 않아요?"

"당신이 소리쳐 봤자 룰은 변하지 않아." 베니코 씨는 스푼을 조명에 비추듯 바라보았다. "알겠어? 뭔가 불합리한 일이 있을 때 그걸 부정해 봐야 당신 인생이 나아지지는 않아. 오히려 이용할 생각을 해야지. 그게 살아가는 요령이야."

"이용이요?"

"생물은 유전자를 남기기 위해 살아가는 거야. 그러니까 당연히 수컷은 인기 있는 암컷을 원하지. 이건 불변의 법칙. 그렇다면 그걸 이용하기만 하면 되잖아? 예를 들면 미팅에서 다른 애가 얼굴이 더 예쁜데 '쟤 귀엽다'라는 느낌이 드는 애가 있어. 나이 따위는 상관없다는 듯이 젊은 애를 제쳐 두고 남자들이 안달하는 여자도 있지. 밖에 나가 보면 다섯 살짜리 애들부터 여든 넘은 노인까지 깜박 죽는 여자도 있고."

"아아, 정말 그런 사람 가끔 있어요."

"남자들은 외모로 고를 텐데 외모가 아닌 걸로 선택받는

여자가 있는 거야. 물론 돈이나 육체관계 없이. 거기에 무
슨 이유가 있는 것 같지 않아?"

"그런 것도 같네요."

"그럼, 그런 인기 있는 여자하고 팬케이크 여자인 당신
은 뭐가 다를까?"

나는 민트 캔디 하나를 꺼내 파삭 깨물었다. "음, 성격인
가?"

"성격 따위는 핑계야. 성격이 좋아도 인기 없는 사람도
있고, 성격이 나빠도 인기 있는 사람도 있어. 문제는 그 이
전에 이성을 끌어들이는 게 뭐냐는 거지."

나는 고개를 들었다. 베니코 씨의 등 뒤에 페르메르의 복
제화가 있었다. "왠지 다른 사람들한테 인기 있는 여자요.
어쩐지 인기 있을 듯한 분위기가 있다고 할까."

"예스." 베니코 씨는 컵을 내려놓았다. "그럼, 그 분위기
란 뭘까?"

"네? 분위기는 분위기잖아요. 몰라요."

"모른다니 슬프기도 해라." 베니코 씨는 고개를 저었다.
"분위기는 말이야, 사람들이 인식하는 세계라고 생각해.
그러면 애초에 남자는 어떻게 여자가 인기 있을 것 같다

고 판단하는 걸까? 유전자 검사나 정신 분석이라도 하는 걸까?"

"설마요. 다른 남자들이 접근하는 걸 보고 그러는 거겠죠."

"여자를 쫓아다니며 남자들이 얼마나 접근하는지 세는 걸까?"

"그렇게까지 안 해도 한 번 보면 알죠. 평소 행동이나 얘기하는 내용으로 느껴지니까."

그때 머릿속에 초록 불이 탁 켜졌다. 아아, 하고 말을 우물거렸다.

"맞아." 베니코 씨는 손가락을 튕겼다. "정말로 인기 있느냐가 아니야. 남자는 말이나 행동에서 인기 있어 보이는 분위기를 본능적으로 알아차릴 뿐이야."

"그렇군요…." 나는 겨우 이해했다.

"이 세상에서 '인기 있는 여자'와 '인기 있을 것 같은 여자'는 똑같은 의미야. 상대방이 그렇게 판단한 이상은 그게 진실인 거지. 그리고 모든 수단을 다 써서 남자의 본능에 '인기 있을 것 같은 여자'라고 믿게 만드는 스킬." 베니코 씨는 싱긋 웃었다. "그게 연애 인지학이야."

교토의 밤이 깊었다. 찻집에는 저녁 식사 후에 커피 향 나는 깊은 대화를 즐기는 사람들의 찻잔 부딪치는 소리와 말소리가 늘었다.

"어떻게 그 인기 있을 것 같은 분위기를 만들 수 있어요?" 내가 물었다. "문제는 바로 그거 같은데."

"어머, 팬케이크 아가씨. 분위기를 조작하는 건 쉬워."

"어떻게요."

"그러니까." 베니코 씨는 물컵을 입으로 가져갔다. "여기 물은 히에이산에서 나온 물이야. 단물이라서 입맛이 부드러워. 느껴져?"

나도 컵을 들었다. 그 물은 투명하고 반짝거려 보였다. 입에 머금어 보니 혀에 희미한 단맛이 느껴졌다.

"정말, 맛있는 것 같네요."

"거짓말."

"네?"

"사실은 아니야." 베니코 씨는 조금 웃었다. "그렇기는커녕 좀 전에 파리가 빠졌어."

나는 내던지듯이 컵을 내려놓았다. 물방울이 튀었다. 상한 국물을 먹은 것처럼 입맛이 쓰다. 베니코 씨를 째려보았다. "정말 성격 이상해요. 왜 말 안 해줬어요?"

"그것도 거짓말."

"네?"

"전부 거짓말이야." 베니코 씨는 웃고 있었다. 블랙 슈트를 입은 악마 같았다. "이 물은 히에이산에서 나온 물도 아니고 파리가 빠지지도 않았어. 그냥 물이야."

"그냥 물?" 나는 테이블 위에 있는 잔을 바라보았다. "정말이에요?"

"마술이라도 본 원숭이 같은 얼굴 하지 마."

"베니코 씨 탓이잖아요."

"팬케이크 아가씨. 그 휘핑크림 가득한 머리로 생각해 봐." 베니코 씨는 손가락으로 머리를 콕 찔렀다. "처음에 히에이산의 물이라고 들었을 때는 어떤 맛이었어? 그리고 파리가 빠졌다고 들었을 때는?"

"처음에는 맛있는 것 같았어요. 아니, 깨끗해 보였나. 그런데 바로 다음에 파리라는 말을 들었을 때는 쓰고 토할 뻔했어요."

"그렇지."

"베니코 씨가 이상한 말을 하니까 그렇죠. 당연하잖아요?"

"그렇지만." 베니코 씨는 집게손가락을 세웠다. "당신은 계속 똑같은 컵을 손에 들고 있었어. 그 내용물은 달라지지 않았지. 다른 손님이나 점원도 분명 그렇게 말할 거야. 이게 중요해. 그 순간, 내 말 때문에 당신이 인식하는 세계만이 달라진 거야."

무슨 말인지 내 머리로는 이해할 수 없었다. "그러니까 도대체 무슨 말이에요?"

우리는 서로 얼굴을 마주 보았다. 침묵 사이로 클래식이 흘렀다.

베니코 씨는 숨을 내쉬었다. "오늘은 당신의 머리가 팬케이크라도 이해해 줄게. 알겠어? 그 물이 바로 당신이야. 아무리 자기가 인기 있는 여자라고 주장하고 그런 신호를 내보내도 그건 연애 인지학이 아니야."

"그렇군요."

베니코 씨는 깨끗하게 뻗은 진한 눈썹을 찌푸렸다. "정말로 이해했어?"

"연애하고 상관있다고 생각하니까 머리가 돌아가는 느낌이에요."

"뭐든지 그래." 베니코 씨는 고개를 살짝 끄덕였다. "연애 인지학은 자기가 인기 있는 여자라고 주변 사람들이 생각하게 만드는 기술이야. 그게 바로 인기 있는 여자가 되는 거니까. 이 세상에서는 인기 있어 보이는 여자가 인기 있는 여자인 셈이지."

"아, 좀 알 것 같다."

"그리고 연애 인지학은 지금 같은 대면 커뮤니케이션만 해당하는 게 아니야. 마침 잘 됐으니까 그 스마트폰 줘 봐."

베니코 씨는 내 스마트폰을 가져가서 초록색 애플리케이션을 눌렀다. 라인을 열더니 친구들하고 주고받은 메시지를 — 서글프게도 전부 여자 — 스크롤 했다. 그리고 한 부분에서 멈췄다. 남자 프로필. 자전거 앞에서 꽃미남 미소를 발산하는 데라사키 씨였다.

"용케도 또 안 보냈네."

"추격 라인은 기분 나쁠 거라고 그렇게 겁췄잖아요."

"그러고 보니 당신이 보낸 기분 나쁜 메시지가 무시당한 지도 3개월이 됐네."

"또 그러실 거예요?"

"안심해." 베니코 씨는 빙긋 웃었다. "연애 인지학은 무적의 커뮤니케이션 시스템이야. 라인에도 응용할 수 있지. 일단 당신한테 완벽한 라인 테크닉을 알려줄 테니까 이 남자를 낚아 올리자고."

이틀 뒤 밤, 나는 아침에 건 세탁물이 방치된 방 안에서 스마트폰을 쥐고 있었다. 타깃은 베니코 씨가 딱 좋은 연습 상대라고 말한 야나기 씨였다. 물론 진짜 목표는 데라사키 씨지만 먼저 남자하고의 라인에 익숙해지기 위해서였다. 연애 인지학의 라인 스킬을 하나씩하나씩 연습하기로 했다.

꿀통에 손을 집어넣은 노란색 곰돌이 그림 시계를 보았다. 곧 10시다.

먼저 연애 인지학의 '10시 이후 황금 시간대 스킬'을 따르기로 했다. 어느 조사에 따르면 밤 8시에서 10시가 회사원의 귀가 피크 시간인 모양이었다. 따라서 10시 이후는 남자의 90퍼센트가 답장하기 쉬운 시간인 셈이다.

메시지를 입력했다. 솔직히 조금 긴장했다. 업무 연락은 했지만 사적으로 라인을 보낸 적은 없었기 때문이다.

오늘 잔업 엄청 많지 않았어(이모티콘)?

이것은 '단문 법칙'이다. 라인은 메일이 아니라 채팅 도구니까 스스럼없이 주고받는 게 중요하다. 친한 친구하고 짧은 말을 주고받는 느낌으로. 그러니까 답하기 귀찮게 부담스러운 긴 문장은 금지다.

스마트폰을 힐긋 보면서 카펫 위에서 요가를 하고 있으려니 5분 후에 답장이 왔다.

매입한 작품이 엄청 신경 쓰여서 자료 읽고 있었어. ㅎㅎ 옥션에 해설문을 쓰게 됐거든. (이모티콘) 겨우 집에서 우동 먹고 있는 중! 웬일로 라인이야. (이모티콘)

야나기 씨의 모습이 떠올라 웃고 말았다. 거기서 평소 버릇대로 바로 답장하려다 깜짝 놀라 손가락을 멈췄다. 같은 시간만큼 뜸을 들이기 위해서다.

이것은 '거울 법칙'이다. 사람은 비슷한 페이스의 상대에게 호감을 느낀다. 데이트하는 커플이 같은 옷을 입거나 비슷한 분위기를 띠는 것과 마찬가지다. 그것을 반대로 이용해서 일부러 답장하는 속도를 맞춰 '느낌이 통하네'라고 생각하게 한다. 나만 금세 답장하는 부담스러운 느낌도 피할 수 있다.

저녁밥을 급하게 먹었더니 배가 아파서 야나기 씨가 생
각났어. ㅎㅎ
뭐야 그게. ㅎㅎ

2분이 지나 가벼운 답장이 왔다. 나도 2분 정도 뜸을 들
이고 보냈다.

우동 먹는구나. (이모티콘)
싸잖아. 또 속이 편해서 요즘엔 매번 이것만.

그리고 '거울 법칙'은 답장 속도뿐만이 아니다. 메시지의
길이, 줄임말 같은 말의 종류, 느낌표나 물음표 같은 기호
의 사용, 감정을 표현하는 다양한 이모티콘 등 모든 면에서
느낌을 맞추는 것이다.

나한테 야나기 씨는 엄청 위장 약한 캐릭터.
진짜 그래. 오늘도 선배한테 혼나서 위가 아팠어. (이모
티콘)
또 차(이모티콘) 들이받았어?
이제 그런 실수는 안 하지. ㅎㅎ

다행이다. ㅎㅎ 이어서 보냈다. 왜 혼났어?

거래처랑 얘기하다 원가를 말해버렸다니까. (이모티콘)

대박 사건. 이어서 보냈다. 그래서 선배한테 걷어차였구나? (이모티콘)

나는 어깨와 팔이 긴장한 것을 느꼈다. 힘을 빼고 심호흡을 한 뒤 라인은 내용보다 템포라고 중얼거렸다. 베니코 씨에게 배운 비결이었다. 내용만 생각한 나머지 겨우 만들어진 리듬을 망치지 말도록.

그러자 점점 라인 속도가 빨라졌다. 탁구 선수가 공을 주고받듯이. 마침내 10초 정도의 랠리가 되었다. 그러다 그만 잠들어 버린 뒤 한밤중에 침대 위에서 눈을 떠보니 안 읽씸 메시지가 있었다. 미안한 마음이 들면서도 내가 남자의 라인을 방치한 적이 있었나 싶어 잠시 고개를 갸웃했다.

다음 날 아침, 회사에서 야나기 씨와 마주쳤다. 그 순간 그가 움찔한 것 같았다. 하지만 금세 고객명부 정리에 쫓겨서 그런 일은 잊어버렸다. 그날 밤도 연습 삼아 라인을 보내자 곧바로 답장이 왔다.

연애 인지학을 사용하니 라인쯤은 식은 죽 먹기였다. 답장을 어떻게 보낼지 망설이지 않을 뿐인데. 이렇게 쉬웠다니.

며칠 뒤, 그는 거래처에 간 김에 시모가모의 전통 있는 가게에서 샀다며 화과자를 주었다. 포장지 속에 제비꽃 이파리 모양 과자가 들어 있었다. 하트와 비슷한 것 같았다.

다음 주 화요일, 프랑스풍 찻집에 갔다.

베니코 씨에게 얼른 스마트폰을 건넸다. 그러자 그녀는 립스틱처럼 붉은 손톱으로 스크롤을 하며 야나기 씨와 나눈 라인 대화를 보기 시작했다. 나는 손을 무릎에 올려둔 채 또 팬케이크라고 불릴까 봐 긴장하고 있었다.

"팬케이크 아가씨." 베니코 씨는 고개를 들었다. "제법인데."

"네? 진짜요?" 나는 깜짝 놀라 무심코 몸을 바로 세웠다. "이렇게 하면 데라사키 씨도 좋아해 줄까요?"

"이래서 당신은 팬케이크 여자라니까." 베니코 씨가 딱 잘라 말했다.

"아, 또 야단맞았다."

"라인을 아무리 해봤자 남자의 마음을 붙들 수는 없어."

"그게 무슨 말이에요?" 무심코 눈썹을 찌푸렸다. 내가 중학교 때부터 믿는 연애 테크닉은 어쨌든 연락을 자주 해서 마음을 사로잡으라는 것이었기 때문이다. "라인을 자주 하면서 가까워지지 않으면 사귈 수도 없잖아요."

"메시지를 주고받다가 마음이 설레서 서로 좋아하게 된다니. 무슨 중학교 2학년 2학기도 아니고. 그런 건 사랑이 뭔지도 모르던 시대의 착각이야. 라인은 어디까지나 데이트로 가기 위한 도구. 이걸 명심하라고."

"그래도 남자 중에는 라인이나 메일 보내는 걸 좋아하는 사람도 있잖아요?"

"물론 그런 남자도 있겠지. 그럼 이렇게 설명해 볼까. 라인은 사귀고 나서 마음껏 주고받으란 말이야. 연인이란 직접 만났을 때 뭔가 느껴지는 게 있는지가 중요하잖아? 라인으로 얘기하는 건 물론 편하지. 상대방 얼굴이 보이지 않으니까 긴장할 필요도 없고. 거절당해도 별로 상처 입지 않아. 하지만 그런 책임도 없고 상처도 입지 않는 행위가 상대의 마음을 흔들 수 있을까. 스마트폰만 만지작거리는 미지근한 커뮤니케이션은 마음 편해. 그런데 결국은 이 현실

세계에서 결말을 낼 수밖에 없어."

나는 그녀의 열의와 진한 아이 메이크업에 기가 죽어 고개를 끄덕였다.

"항상 그 일을 왜 하는지 자신에게 물어보도록." 베니코 씨는 남녀가 키스하는 것처럼 두 손의 집게손가락을 맞댔다. "남자를 낚으려면 카페오레처럼 냉정과 열정이 50퍼센트씩 필요한 거야."

새로운 라인 테크닉을 배웠다. 하나하나가 핑크 다이아몬드처럼 소중했다. 지금까지 얼마나 잘못된 라인을 보냈는지 절절히 깨달았다.

스마트폰을 가슴에 대고 데라사키 씨를 목표로 하겠다고 맹세했다.

임대료 6만 2천 엔짜리 집에 앉아 벽을 바라보았다.

벽에는 교토시 미술관에서 산 모네의 수련 엽서가 장식되어 있고, 그 옆에는 어째서인지 '충전기를 돌려받을 것'이라고 쓴 포스트잇이 있고, 또 그 옆에는 베니코 씨가 전

수해 준 가르침이 전부 붙어 있었다.

그중 한 장이 '라인 답장이 없을 때의 10개 조항'이었다.

① 추격 라인 금지

② 추격 라인 금지

③ 추격 라인 금지

④ 추격 라인 금지

⑤ 추격 라인 금지

⑥ 추격 라인 금지

⑦ 동물이 흘끗 보는 듯한 이모티콘을 보내지 않는다

⑧ 최소한 일주일 뒤에 상관없는 짧은 메시지를 보낸다

⑨ 안 되면 포기한다

⑩ 그래도 잊을 수 없다면 3개월 후에 보낸다

이런 방법을 배웠을 때는 마음속 깊고도 깊은 곳에 강한 충격을 받고 이제라도 굳은 결의를 다지고 싶었다. 지금까지 숱하게 저지른 경험이 있으니까. 여자라는 생물은 답장이 없으면 불안한 나머지 팬케이크 여자가 되어버리는 것이다.

그래도, 그래도. 나는 마지막 ⑩을 노려보았다.

데라사키 씨와 나눈 라인을 떠올렸다. 데이트 후에 보낸 메시지도, 일주일 후에 보낸 메시지도 무시당했다. 이제 마지막 기회인 3개월째가 되었다. 베니코 씨의 말대로 추격 라인을 보내지 않았다. 그 모든 것은 이날을 위해서였나.

보내기 버튼을 누를 때는 인류의 운명을 걸머쥔 듯 손이 떨렸다.

10시 10분. 시간은 물론 10시 이후라는 황금 시간대 스킬을 의식하고 있었다. 5분 전부터 스마트폰을 노려보다가 정해진 시간에 미사일을 발사하듯이 버튼을 눌렀다. 스마트폰은 손에 난 땀 때문에 미끄러웠다. 가슴속이 꽉 죄어왔다.

요즘 너무 춥지 않아요?

장난하냐고 비웃을까 봐 겁났다. 이것은 썰렁해진 관계를 부활시키기 위한 '원 찬스 라인'이라는 스킬이었다. 포인트는 두 가지.

① 단순한 내용일 것.
② 무심코 웃을 수 있는 것.

오랜만에 생각나서 보냈습니다. 아무것도 신경 쓰지 않아요. 어느 쪽에서 메시지가 멈췄더라, 같이 깃털만큼 가벼운 뉘앙스가 중요.

라인을 보낸 뒤, 마치 공기 빠진 인형처럼 침대에 쓰러졌다.

연애 인지학이 시키는 대로 원 찬스 라인을 보냈으니 당분간은 아무 생각도 하지 않기로 했다.

뭐라도 좋으니 아무거나 와라. 만화와 잡지, 읽지도 않는 미술서가 쌓인 책꽂이 위에 작은 인왕상 피규어를 ─ 야나기 씨가 준 장난감 뽑기 경품이다 ─ 보고 있는데 스마트폰이 울렸다. 으앗, 하고 전파에 심장이 뚫렸다.

어때?

베니코 씨가 보낸 라인이었다. 내 설렘을 돌려줘, 하며 어깨를 축 늘어뜨렸다.

지금 막 보냈어요. 알면서 이런 타이밍에 연락하다니 진짜 나빠요.

나쁘지만 인기 있는 여자지. 어차피 팬케이크 아가씨는
전력 질주한 다음의 하마 같은 얼굴로 스마트폰을 꽉 쥐
고 있겠지. 그런 건 인기 없는 여자가 하는 짓이야. 라인
을 보냈으면 이불 속에나 들어가. 인기 있는 여자처럼 행
동하라는 연애 인지학 이론에 안 맞잖아. 여유가 없다는
건 상대방한테도 전해지고 무엇보다 당신의 셀프 이미
지를 나쁘게 한다고. 자기가 인기 있는 여자라고 생각해
야지.

알겠습니다!

하여튼 말해두는데, 인기 있는 여자처럼 행동하는 거하
고 자만에 빠져서 착각하는 거하고는 달라.

그 두 개가 다르다고요?

불사조하고 잉꼬만큼이나 다르지.

나는 거 말고는 완전히 다르네요.

상대방이 그렇게 느끼는지, 자신이 그렇게 느낄 뿐인지
다르다는 거야. 베니코 씨는 이어서 또 보냈다. 어쨌든
상대방한테도 생활이 있어. 당신도.

그때 스마트폰이 울렸다. 방심하고 있다가 무슨 일이 일
어난 건지 이해하는 데 4초 걸렸다. 녹색 아이콘. 신착 메

시지. 침을 꼴깍 삼켰다. 데라사키 씨였다.

'예스!' 관리비 포함 임대료 6만 2천 엔의 집에서 나는 소리쳤다. '연애 인지학!'

그래도 마음이 진정되지 않아서 스마트폰 쥔 손을 휘둘렀다. 책꽂이에 있는 인왕상 피규어도 왼손 손바닥을 향해 '잘됐네요' 하고 축복하는 것 같았다.

그때, 벽에 붙여둔 '라인의 목적은 데이트로 이어가는 것'이라는 문구가 눈에 들어왔다. 정신을 차리고 휙휙 고개를 저었다. 여기서 만족하면 안 된다. 이것은 낚시질이다. 물고기가 낚싯바늘을 물었다고 들떠서는 안 돼지. 겨우 낚은 포획물도 도망쳐 버린다.

2분 정도 틈을 두었다가 라인을 열었다. 읽음 표시가 바로 붙으면 목 빠지게 답을 기다리는 인기 없는 여자라고 내세우는 꼴이니까. 사실이 그렇지만.

정말 춥네.

꽃미남의 답장. 그 반짝반짝한 글자를 보기만 해도 밥을 백오십 그릇쯤 먹을 수 있을 것 같았다. 10분 만에 답장이

왔기 때문에 거울 법칙을 이용해서 나도 그쯤 시간을 두고
답장하기로 마음먹었다.

> 이대로라면 끝장이에요. 어떻게 좀 해주세요. *(이모티콘)*
> 무슨 소리야. ㅋㅋ
> 데라사키 씨라면 할 수 있을 것 같은데. *(이모티콘)*
> 쿡. 듣고 보니 그럴지도 모르겠네. 할 수 있을 것 같다.

브래지어 안쪽으로 땀이 차오르고 호흡도 가빠지며 열
기를 띠었다. 이때만큼은 이 팬케이크 여자를 구해주세요
하고 베니코 씨에게 캡처 화면을 보냈다.

그러자 베니코 씨는 향신료 좀 쳐야겠네. '봄을 좋아해서
요'라고 보낸 다음에 리듬을 맞춰야 하니까 두 번째로 '봄
에'라고만 보내. 그리고 이모티콘 금지 법칙을 잊어버렸잖
아, 라고 30초 만에 조언을 해주었다.

거기서 나는 '이모티콘 금지 법칙'을 떠올렸다. 이모티콘
은 아양 떠는 인상을 주기 때문에 생략해야 했다. 지금까지
는 상대방이 싫어할까 봐 마음이 약해져서 이모티콘을 남
발했다. 그런데 이모티콘을 생략함으로써 주변의 반응을
신경 쓰지 않는 여자라고 어필한다.

봄을 좋아해서요. 그리고 봄에 라고 보냈다

내가 계절을 어떻게 바꿔. ㅋㅋ

자, 내일부터 분명 따뜻해 질 거예요. ㅋㅋ 나는 여기서
거울 법칙을 사용했다. 감정을 표현하는 'ㅋㅋ'을 복사했
다. *그런데 지금 뭐 하세요.*

더욱더 신경 쓴 것은 '디렉터스 이론'이었다. 하나의 화
제에 머무르지 말 것. 같은 화제로 글이 길어지는 것은 가
장 피해야 한다. 오히려 영화의 디렉터스컷처럼 화제를 척
척 바꿔서 질리지 않도록 스릴 있게 만들어야 한다. 이야기
가 이어지는 것은 좋다. 그러나 화제가 이어지는 것은 옐로
사인이다.

동영상 편집해.

뭐예요, 그게.

*일 때문에. 그리고 이어서 보냈다. 프레젠테이션 자료에
넣을 거야.*

척척 해치우시나 봐요.

적당히. 그냥 분위기만 맞추는 거야.

갑자기 유튜버라고 고백하는 줄 알았네.

아니야. ㅋㅋ

이것은 '물음표 금지 스킬'이었다. 의문문을 보낼 때 물음표를 붙이지 않음으로써 치근대지 않는 느낌을 주는 것. 이것도 중학교에서 유행한 '일단 물음표를 붙여서 답장을 받을 것'과는 반대였다.

생각할 거리가 너무 많아서 사고 회로가 끊어지기 일보 직전이었다.

그래도 분명히 입질이 달랐다. 왜 데라사키 씨 같은 꽃미남이 이런 답장을 보내는지 이상할 정도였다. 노리던 남자에게 답장을 받고 라인도 신나게 하는 상태. 눈이 한껏 맑아지며 뇌 속에서 아드레날린이 계속 나왔다. 여성 호르몬도 수도꼭지를 틀었을 때처럼 쏴 하고 나오는 기분이었다. 아니 정말 나오고 있다.

문득 시계를 보니 11시 20분이었다. 1시간 정도 메시지를 주고받은 셈이다. 다음날 일 따위는 잊어버리고 밤새도록 이대로 있고 싶었다.

그때 베니코 씨에게 라인이 왔다.

읽씹

퍼뜩 정신이 들었다.

벽에 있는 전신 거울을 들여다보았다. 그 앞에는 드라이어와 화장품이 흩어져 있다. 거울 속 세계에는 침을 흘리는 개처럼 스마트폰을 쥐고 있는 자신의 모습이 있었다.

침을 꿀꺽 삼켰다. 데라사키 씨와의 라인으로 돌아왔다. 회의 중에 유튜브를 보는 동료에 대해 열을 올리는 중이었다. 떨리는 손가락을 뻗어 그 내용을 읽었다. 읽음 표시가 붙었다.

그런 다음 그대로 이불 속으로 파고들었다.

이것이 연애 인지학의 필살기 '인기 있는 여자의 읽씹'이었다. 그렇지만 애가 탔다. 어째서 이런 짓을 하지? 생각할수록 알 수 없었다. 기분 나빠하지 않을까. 데라사키 씨에게 미안하다는 마음이 폭풍우처럼 몰아쳤다.

다음에 베니코 씨를 만나면 꼭 이유를 물어봐야겠다. 가방에서 복숭아 맛 민트를 하나 꺼내 파삭 하고 깨물었다. 수건을 꺼냈다. 일단 샤워부터 하고 오자.

사흘 뒤 밤, 나는 시조가와라마치에 있는 쇼핑몰 앞에 있었다. 교토에서 사람의 왕래가 가장 많은 교차로. 모든 가게가 반짝반짝한 종과 초록색 리스로 크리스마스 분위기. 커플들이 팔짱을 끼고 아케이드 아래를 걷고 있었다.

나는 광고가 붙은 기둥에 기대어 하얀 숨을 내쉬었다. 문득 자신이 혼자라는 사실을 실감했다.

얼마 안 있어 횡단보도 맞은편에 베니코 씨의 모습이 보였다. 붉은 머플러를 하고 키 큰 남자와 팔짱을 끼고 있었다. 금발 머리의 혼혈로 보이는 꽃미남이었다.

나는 쩔쩔매는 모습으로 인사했다.

"이 사람이 제자?" 페가수스가 환생한 듯한 꽃미남은 옆을 보았다.

"맞아." 베니코 씨는 팔짱을 풀었다.

"귀여운 팬케이크 아가씨."

"팬케이크?" 꽃미남은 킥킥 웃었다. "무슨 뜻이야?"

색소가 옅은 눈동자와 마주쳤다. 나는 꽃미남하고 얼굴을 마주한 것이 얼마 만인지 몰라서 아, 저, 그게, 하며 안절부절못하는 팬케이크였다.

그때 "커피 두잔 사 와"라며 베니코 씨는 꽃미남의 마른 허리를 툭 쳤다. 그러자 꽃미남은 기쁜 듯이 가까운 카페를 향해 뛰어갔다. 원반을 잡으러 달려가는 레트리버 같았다.

그는 금세 커피 두 잔을 들고 돌아왔다. 하얀 이를 보이며 "드세요" 하고 하나를 주었다. "이 커피도 기뻐할 거야. 그리고 예쁜 피부에 묻으면 안 되니까" 하며 꽃미남은 물티슈 두 장을 내밀었다. "여기요, 베니코 씨."

"합격." 베니코 씨는 물티슈를 집으며 웃었다. "이제 그만 가."

그런 취급에도 꽃미남은 싫은 내색 하나 하지 않았다. 오히려 즐거워 보였다. 베니코 씨의 소매를 잡으며 "티켓은 다음 주 일요일이에요" 하고 시조 거리로 사라졌다.

"아이 콘택트 실패했네." 베니코 씨도 기둥에 기댔다.

"꽃미남이니까 어쩔 수 없잖아요."

"그러니까 당신은 팬케이크 여자야."

"어째서요?" 나는 불쑥 화가 났다. "그보다 내 이름은 미호라니까요."

"당신은 레벨 높은 남자를 차지하려고 연애 인지학을 연습하는 거 아니야? 그러니까 꽃미남이야말로 더욱더 피해선 안 되는 상대잖아. 멋지게 해치우라고."

"그거야 그런데요." 나는 입술을 삐죽였다.

"테스트는 불합격이네."

"꽃미남이 올 줄 알았으면 화장에 더 신경 썼죠."

"일상 생활하면서 오늘은 꽃미남하고 만나니까 정성 들여 화장하세요, 라고 누가 가르쳐 준대? 하루하루가 운명의 무대야. 평소에도 신경 써야지."

나는 무엇이든 반박하고 싶었다. "그런데 그런 식으로 돌려보내는 건 너무하지 않아요? 모처럼 커피도 사다 줬는데."

"너무하다고? 그건 본인이 판단할 일이지. 아까 반응이 어떤 것 같았어?"

"그건… 어쩐지 기뻐하는 것 같았지만."

"거봐." 베니코 씨는 커피를 마시며 웃었다. 종이컵에 묻은 립스틱이 보였다. "그것도 연애 인지학 스킬이야. 읽씹하고도 통하는 얘기지."

나는 거기서 목적을 떠올렸다. 바로 앞 가와라마치 거리에 초록색 시영 버스가 멈췄다.

"아참." 나는 베니코 씨의 소매를 붙잡았다. "데라사키 씨하고의 라인이요. 시키는 대로 읽씹했는데 벌써 3일째예요. 앞으로 어떻게 해요? 아니, 기분 나빠하지 않을까요? 왜 한창 재밌게 얘기하는데 읽씹하라는 거예요?"

"이런." 베니코 씨는 달라붙은 딱정벌레를 본 듯 내 손을 뿌리쳤다. "모르겠어?"

"일단은 애를 태우며 남자가 안절부절못하게 만들려는 건 알겠어요."

"자신의 가치를 높여서 주도권을 잡으려는 거야."

"네?"

"그럼, 반대로 생각해 볼까." 베니코 씨가 말했다. "라인 답장을 할 때까지 '아직 안 읽었으니까 답장 못 해'라고 변명하듯 읽지 않은 채로 두거나, 읽고 난 뒤에는 쫓기듯이 답장하는 사람을 어떻게 생각해?"

"그거야, 이래저래 신경 쓰는 사람이라고 생각해요."

"예스." 베니코 씨는 진하게 화장한 눈을 크게 떴다. "그러니까 읽음 표시를 신경 쓰는 만큼 '나는 다른 사람 눈을 신경 쓰며 삽니다'라고 자기소개하는 거나 마찬가지라는 얘기야."

그 말은 서바이벌 나이프처럼 내 심장을 찔렀다. 나는 항상 읽음 표시를 신경 쓰고 있었으니까. 그런 주제에 읽음 표시 없이 상대방의 메시지를 읽으려고 애쓰기도 하고.

"아아, 심장을 후벼 파는 것 같이 마음이 아파요." 나는 가슴을 누르며 비틀거렸다.

"알겠어?" 베니코 씨는 집게손가락을 세웠다. "연애도 무술도 스포츠도 마찬가지야. 얼마나 상대방의 패턴을 무너뜨리고 자신의 패턴으로 끌어들이느냐가 중요한 거지. 그게 이번에는 라인의 읽씹이고. 읽고 싶을 때 읽는다. 그 결과 읽음 상태가 되든 말든 신경 쓰지 않는다. 그리고 답장하고 싶을 때 답장한다. 자신의 시간을 어떻게 쓸지는 자신이 결정한다. 결국 이것은 인기 있는 여자, 가치가 높은 여자의 행동인 거지. 그 스타일을 일관되게 유지하면 자신감 있어 보이고, 다른 여자하고는 왠지 다른 느낌을 줄 수 있어. 그리고 주도권 줄다리기를 하듯이 조금씩 당신의 포지션을 만드는 거야."

"포지션?"

"심리적으로 유리한 위치." 베니코 씨가 말했다. "연애든 인간관계든 그 속에는 우위 다툼이 숨어있어. 인기 있는 여자의 행동을 흉내 내는 게 연애 인지학의 전략이라면 무슨 방법이든 다 써서 포지션을 만드는 것이 전술이야."

"네에." 나는 어려운 단어가 나와서 나중에 생각하기로 했다.

"전략과 전술의 차이는 스마트폰으로 검색해 보도록."

"앗, 내가 무슨 생각하는지 어떻게 알았어요?"

"팬케이크 아가씨." 베니코 씨는 웃으면서 내 볼을 손가락으로 쓰다듬었다. "연애 인지학의 마지막 목표는 인기 있는 여자의 마인드를 완벽하게 익히는 거야. 인기 있는 여자를 흉내 내다 보면 언젠가 그 내면도 인기 있는 여자가 돼."

"정말이요? 아직은 어쩐지 못 믿겠네요."

"이번에 라인하면서 남자를 어떻게 대해야 할지 감이 잡히지 않았어?" 베니코 씨는 머플러를 정돈하면서 싱긋 웃었다. "괜히 아양 떨면서 숙이고 들어갈 거 없어. 조금은 강하게 나가면서 이쪽의 페이스를 유지하도록. 이번처럼 읽씹한 다음에도 기분 내키는 대로 라인하면 돼. 아무쪼록 남자의 페이스에 말려들지 마. 여자의 페이스를 따라오도록 만들어. 그걸 잊지 않으면 '남사친'도 늘어날 거야. 살짝 설레는 남사친 말이야."

"하긴, 데라사키 씨하고 라인할 때도 별로 신경 안 쓰는 게 더 좋은 느낌이었어요." 나는 쇼핑몰의 기둥에서 등을 뗐다. "그런데 다른 연애 관련 책에는 남자의 자존심을 부추기고 최고, 최고, 하면서 치켜세우라고 쓰여 있잖아요?"

"최고, 최고, 하면서 2시간 만에 끝나는 대화에는 아무 의미도 없어. 여자들의 그런 얄팍한 연기도 꿰뚫어 보지 못하는 남자를 손에 넣고 싶어?"

"그게, 지금까지 만난 남자가 그런 느낌이었으니까요."

"얼마 없는 후보 중에서 고르면 그럴지도 모르지. 그런 남자들이야 연애 인지학으로 쉽게 쓰러뜨릴 수 있지만. 뭐, 그런 남자한테 흥미가 있다면야 말리지 않아."

베니코 씨는 내 얼굴을 본 다음, 내 손에서 빈 종이컵을 가져갔다. 그리고 나긋나긋 걸어가서 길가에 있는 쓰레기통에 버렸다. 슈트를 입고 붉은 머플러를 한 품위 있는 모습에 지나가던 대학생들이 흘긋 돌아보았다.

베니코 씨는 기둥에 기댔다. 신경 쓰지 않는 표정이었다. "알겠어? 앞으로 당신의 인생에 몇 명의 남자가 스쳐 지나가겠지. 보석 같은 남자도 있을 테고, 잘 보면 모조품이거나 원석 같은 남자도 있어. 구제 불능인 남자도 있지."

밤이 깊은 가와라마치에는 사람이 끊이지 않았다. 반은 남자였다. 재미없는 얼굴로 주머니에 손을 넣은 사람도 있고, 자세가 매우 바른 사람도 있었다. 저마다의 밤이 지나갔다.

"여자는 그 몸에 아이를 품게 되어있어. 그러니까 여자의 인생은 자기만의 상대를 찾기 위해 있는 거지. 당신이 연애 인지학을 통해 많은 남자를 겪어 보고, 인생은 훨씬 멋지다는 믿음을 주는 남자와 만났으면 좋겠어."

제3장

우리는 인기 있어 보이는
남자만 좋아하고 만다

교토는 혼자이고 나도 혼자였지만, 교토의 거리는 추워도 내 마음은 따뜻했다.

　데라사키 씨와 라인을 할 수 있으니까.

　좋아하는 남자와 연락을 주고받는다. 그런 상대가 있다는 사실이 이렇게 마음을 충만하게 만드는지 몰랐다. 숨을 쉬고 있는 것만으로도 여자로서 존재를 허락받은 느낌이었다.

　야근도 아무렇지 않았다. 매년 초봄이면 회사 창립일에 맞춰 옥션이 열리는데, 그 팸플릿이나 카탈로그 주문 작업도 웃는 얼굴로 도맡았다.

　일하는 도중에 데라사키 씨에게 라인이 와도 잽싸게 스마트폰을 움켜쥐고 화장실로 달려가 답장하는 짓도 하지 않았다. 그토록 손에서 떼놓지 못했었는데.

　라인을 매일 보내지도 않았다. 아주 바쁠 때는 무리할 필요 없을 것 같았고, 안달하는 느낌이 들까 봐.

오늘, 산조 거리에 검은 고양이가 자고 있었어요, 라며 이삼일에 한 번 정도 사진을 보내거나 *유튜버는 돈 좀 버나요?* (유튜버 아니라니까 ㅋㅋ 라고 받았다)라는 등 '단문 법칙'을 주의했다.

보내는 시간도 제각각이었다. 몇 분 만에 답장이 올 때도 있었고 그날 밤이나 다음 날 아침에 온 적도 있었다. 그럴 때는 초조해하지 않고 '거울 법칙'을 실천했다. 나도 똑같은 만큼(시간이 너무 길 때는 조금 짧아도 괜찮다) 틈을 두고 보냈다.

왠지 정신없는 연말연시에는 스마트폰을 거의 보지 않을 정도였다. 대신 1월 3일에 *새해가 밝았네요,* 라고 보냈더니 랠리가 이어졌다.

이것은 연례행사나 기념일 당일에는 일부러 안 보내서 다른 메시지에 섞이는 것을 피하는 '늦게 내기 스킬'이었다. 자연스럽게 존재감을 어필할 수 있다.

그러고 보니 베니코 씨에게 캡처 화면을 보내서 도움을 받는 일도 줄어들었다. 묻고 싶은 것을 묻고 맞장구치고 싶은 것에 맞장구치면서 원하는 대로 시시한 이야기를 하면 그만이었다.

남자도 똑같은 인간이다. 길고 번거로운 메시지에 답장

하는 것은 귀찮고, 짧고 재미있는 메시지에는 답장하고 싶어지는 모양이었다.

$$\left(\ \cdot\ \natural\ \right)$$

그날은 휴일 근무였다. 겨울 휴가인데 젊은 사원 몇 명만 출근했다.

"저기, 있잖아"하며 거래처 일을 마친 야나기 씨가 선물을 들고 왔다. 시조 거리에 있는 유명한 카페의 바움쿠헨이었다. 가끔 혼자 일하고 있는 타이밍을 노려서 교토 명물인 과자나 이런저런 선물을 주고는 했다.

"아, 고마워." 나는 종이봉투를 받았다. 그런데 그는 자리를 뜨려고 하지 않았다. 그 순간, 31일 밤에 온 새해 인사 메시지에 답장하는 것을 깜박했더니 — 정말 인기 있는 여자처럼 — 추격 라인이 왔었다는 사실이 떠올랐다. "왜?"

"아니, 저기, 주말 같은 때 바쁜가?"

"주말?" 나는 고개를 갸웃했다. "주문도 있고 옥션 초대장을 만들긴 해야 하는데."

그러자 "아, 그렇구나" 하며 야나기 씨는 머리를 긁적이고 무슨 말을 하려다가 배를 만지며 자리로 돌아갔다. 무슨 말을 하려고 했는지는 그날 밤에 알았다.

오늘 낮에는 미안했어! 전에 말했던 연극하는 친구가 누구랑 같이 오라며 티켓을 두 장 줬거든. 좋은 녀석이라 응원하고 싶어서 말이야. (이모티콘)(이모티콘) *혹시 시간 되면 다음 주 쉬는 날 어때?* (이모티콘)

나는 메시지를 읽고 그대로 닫았다.

침대 위에 스마트폰을 던져두고 베란다에서 빨래를 걷었다. 건조대에서 실내복으로 입는 티셔츠를 걷으면서 데이트 신청을 받았는데 왜 설레지 않는지 이상한 기분이었다. 티켓도 일부러 구했을 것이다.

겨울 휴가 마지막 날 오후. 산조 역 근처 카페에서 말차 라떼를 산 다음 하천 부지로 내려갔다. 가족이나 학생, 커플들이 기분 좋은 1월의 해를 쪼이며 한가롭게 보내고 있었다. 베니코 씨가 가모가와강을 바라보고 있었다.

나는 느릿느릿 다가갔다. "입술 색깔 예쁘네요."

"어머, 팬케이크 아가씨." 베니코 씨가 나를 보았다. "고마워."

"브랜드 어디 거예요?"

"당신의 색을 찾도록 해." 베니코 씨가 웃었다. "그쪽 상황은 어때?"

"아, 맞다. 그거요." 나는 얼른 스마트폰을 꺼냈다. "데라사키 씨하고 신나게 라인하고 있어요."

"당신이 '인기녀의 읽씹' 한 다음에 그쪽에서 연락 왔어?"

"어제 왔어요. 동료하고 감옥을 테마로 한 바에 갔대요."

"좋네." 베니코 씨는 턱에 손을 괴었다. "연애 인지학에서는 상대방한테서 액션이 있었는지가 중요해. 그러니 지금 상황은 나쁘지 않은 것 같네. 당신하고 라인하고 싶다는 신호니까."

"그리고 이거요." 하면서 나는 야나기 씨에게 받은 데이트 신청 메시지를 보여주었다.

베니코 씨는 화면을 힐끗 보았다. 그리고 눈썹을 꿈틀했다. "역시."

"저 아직 아무 말도 안 했는데요."

"별 볼 일 없는 내용을 보면 알지. 원하는 남자도 아닌데, 이 소심한 남자가 보낸 라인을 받고 팬케이크 아가씨가 우 쭐대고 있잖아."

나는 무심코 말차 라떼를 엎지를 뻔했다. 베니코 씨를 겨 우 째려보기는 했지만 생각할수록 사실이 그랬다. "으으, 분하지만 반박 못 하겠네."

"그래서, 이 데이트 신청에 어떻게 답장할지 고민 중?"

"네."

"별로 좋아하진 않지만 혹시 모르니까 보험으로 남겨두 고 싶은 거네."

나는 핵심을 찔려서 깜짝 놀랐다. 몸에서 힘이 빠져 왠지 사과하고 말았다. "죄송합니다. 맞아요."

나는 야나기 씨에 관해 이야기했다. 회사에 있을 때 흘끗 거리는 시선을 느꼈던 일, 이런저런 선물을 준 일 등. 하천 부지에서 자백하는 드라마 속 범인이 된 기분이었다.

베니코 씨는 가모가와강을 바라보았다. 뭔가를 부정하 는 것 같지는 않았다. 오후의 바람에 그녀의 보브 헤어가 흔들렸다.

"마음이 확 가지 않는 남자한테 데이트 신청 받고, 순수하게 기뻐하지 못한다고 해서 나쁜 건 아니야. 외모든 직업이든 급이 높은 이성을 좋아하는 게 당연하지. 그런데. 그래… 이제 알려줘야 할 타이밍인지도 모르겠네."

"뭘요?"

"여기에 여자들 대부분이 저지르는 비극이 있어." 베니코 씨는 눈썹을 찡그렸다. "애인이 금세 생기지도 않고, 혹시 애인이 생겨도 길게 못 가는 여자는 이걸 모르기 때문이야. 급이 높은 남자를 노린다는 게 어떤 건지. 그걸 이해할 필요가 있어."

나는 말차 라떼 잔을 꽉 쥐었다. 좀처럼 닿을 수 없는 비밀의 문에 손을 댄 느낌이었다. 하천 부지에서는 어디선가 학생들이 신나게 떠들고 있었지만, 그런 목소리는 귀에도 들어오지 않았다.

"기본적인 얘기를 해볼까." 베니코 씨는 허공에 오른손을 폈다. 눈에 보이지 않는 요정이라도 놓아주듯이. "여자라는 생물은 어떤 남자를 좋아하고 마는지 말이야."

"좋아하고 만다. 왠지 미묘한 느낌이네요."

"우리는 유전자의 명령에 휘둘리는데 지나지 않기 때문이야."

"네?" 나는 눈썹을 찡그렸다. "전에도 그런 얘기 하지 않았어요? 그니까 만난 지 얼마 안 됐을 때요."

"머리에 휘핑크림 가득한 팬케이크 여자치고는 잘 기억하고 있네."

"너무해요, 진짜."

"그때는 남자가 어떤 여자를 좋아하는지 얘기했지. 그리고 인기를 얻기 위한 연애 인지학을 가르쳐 주고." 베니코 씨는 손가락을 튕겼다. "지금 여기서 그 게임을 뒤집는 거야."

나는 하천 부지를 돌아보았다. "여자가 어떤 남자를 좋아하는지요?"

"레슨을 살짝 앞으로 돌아가 볼까. 애초에 우리 같은 생물은 뭘 위해서 살아가는 걸까."

"그거 철학적인 얘기는 아니죠?"

"당연하지."

"그럼, 아마도 자손을 남기는 거 아닐까요."

"맞아." 베니코 씨는 고개를 끄덕였다. "우리 유전자는 자손을 남기도록 프로그램되어 있어.

우리가 집 밖으로 나가고 싶은 것도, 사람들과 커뮤니케이션을 하고 싶은 것도 다 '유전자를 남겨라'라는 목소리가 들리기 때문이야. 무의식적인 욕구지."

"완전 과학적인 얘기로 들리네요."

"지금부터야." 베니코 씨는 웃었다. "게다가 생물의 목적이 자손을 남기는 거라면 태어나는 아이도 '인기 있는' 아이가 아니면 안 돼. 왠지 알아?"

"그러니까, 잠깐만요. 생각이 날 것 같아요." 나는 말차 라떼를 마셨다. "아, 자식이 인기 없으면 모처럼 이어진 유전자도 거기서 끝나기 때문이잖아요."

"결론은." 베니코 씨는 무서운 표정을 지었다. "인간에게는 인기 있는 이성의 유전자를 손에 넣으려는 욕망이 있어."

나는 무심코 자세를 바로 했다. 대답을 할 수 없었다. 어쩐지 자신의 상상을 뛰어넘는 이야기가 그 말속에 담겨 있는 것 같았기 때문이다.

"우리는 '인기 있어 보이는 남자'를 좋아하고 마는 생물이라는 말이야. 특히 여자는 자손을 남기기 위해 엄청난 희생이 필요하니까 그런 경향이 강해. 시시한 남자의 자손을 품을 여유 따위 없잖아."

"그건 스포츠를 잘하거나 꽃미남이라거나 돈이 많은 남자를 말하는 거예요?"

"아니." 베니코 씨는 고개를 저었다. "그거하고 인기는 다른 문제야."

"왜요? 무슨 말인지 모르겠어요."

"스포츠를 잘해도 꽃미남이라도 돈이 많아도 어쩐지 마음이 안 가는 남자는 있잖아? 반대로 그렇지 않은데 어쩐지 끌리는 남자도 있어."

"듣고 보니 그러네요." 나는 머리카락 끝을 꼬았다.

"얼굴이나 직업 같은 스펙은 어디까지나 재료에 불과해." 베니코 씨가 말했다. "근본적으로 그 남자에게 생물로서 인기를 끌 만한 분위기가 있는지 없는지의 문제야. 그런 남자를 연애 인지학에서는 '타이거'라고 불러."

"네? 타이거요?"

"그래." 베니코 씨는 오른손 손가락을 구부려 보였다. 차가운 공기 속에 빛나는 붉은 손톱은 맹수의 발톱이나 이빨 같았다. "태어나면서부터 인기 있는 인생을 걸어온 수컷 호랑이."

"뭔가 생생하네요. 그 타이거가 강적이라는 말이에요?"

"그렇지." 베니코 씨는 눈썹을 찡그렸다. "여자의 운명에 가장 큰 천적인 타이거. 어딜 가도 '인기 있는 남자'는 나타나지. 지금까지도 그랬잖아? 그럴 때마다 당신은 본능을 무시하지 못했을 거야."

나는 말차 라테를 마셨다. 지금까지 좋아했던 남자를 떠올렸다. 학생 때는 교실 가운데 있는 남자들만 눈으로 좇았고, 어른이 된 뒤에도 미팅이나 거리에서 끌리는 남자는 다른 사람보다 눈에 띄는 남자들뿐이었다.

그 남자들의 공통점은 주위가 항상 여자들로 시끄러웠고, 자신감이 넘치고, '나는 상급 레벨이지'라는 분위기를 띤 채 여자가 끊이지 않는 느낌이었다. 꽃미남이 아니어도 이야기하다 보면 재미있거나 어쩐지 매력적인 분위기 때문에 좋아하기도 했다. 어? 그런 사람이 타이거?

"베니코 씨." 나는 놀라움과 함께 허무한 기분이 휩싸였다. "듣고 보니 계속 타이거만 좋아했던 것 같아요. 이런 게 인기도 없고 행복해지지 못하는 팬케이크 여자란 말이죠? 본능을 거스르지 못하는 팬케이크 여자요."

"기본적인 얘기인데." 베니코 씨는 고개를 살짝 기울였다. "당신은 '인기 많은 남자'를 좋아하고 싶어? 아니면 손에 넣고 싶어?"

나는 순간적으로 멍해졌다. "그게…… 다른 건가요?"

"인어하고 구피만큼 다르지."

"꼬리하고 지느러미가 있는데 완전 다르네요."

"생각해 봐."

나는 몇 초 동안 입을 다물었다. "그거야…… 손에 넣고 싶죠."

"알겠어?" 베니코 씨는 집게손가락을 세웠다. "나는 '인기 많은 남자'를 노리지 말라고는 안 해. 좋아하는 건 어쩔 수 없으니까. 오히려 사랑받는 실험을 하려면 급이 높은 남자를 노리도록 해. 연애 인지학은 그것마저 가능하게 하는 커뮤니케이션 시스템이야."

"다행이다. 노려도 되는 거네요." 나는 마음을 놓았다.

"다만." 베니코 씨의 시선이 육식 동물의 눈처럼 나를 포착했다. "사냥꾼은 자신이 무엇을 사냥하려는지 잘 알고 있어야 해. 그렇지 않으면 오히려 사냥당할 뿐이야."

"네? 그게 뭐예요. 무섭잖아요."

"호랑이를 사냥하려면 호랑이 잡을 준비와 마음가짐이 필요하잖아?"

"뭐, 그렇죠."

"당신 같은 팬케이크 여자가 맨몸으로 타이거 앞에 나섰다가는 산산조각이 나고 말 거야." 베니코 씨는 딱 잘라 말했다. "알겠어? 당신이 상대하는 건 틀림없는 호랑이야. 인기 있는 무적의 호랑이. 그걸 사냥하려면 각오가 필요하겠지? 그런데 아무 생각 없이 헤실헤실 웃는 얼굴로 돌진해서 잡을 수 있겠어? 금세 사랑에 빠져서 두근두근 설레는 마음으로 상대방한테서 오는 라인 하나하나에 휘둘리고, 그러다 어느새 답장도 오지 않게 되지. 결국 사귀지도 못하고 인생의 귀중한 시간을 낭비하다가 끝이야."

무턱대고 부정당한 느낌이라서 나는 반박하고 싶었다. "하지만 그런 설렘을 즐기는 것도 인생이잖아요?"

"뭐가?"

"멋진 남자를 좋아하고, 라인 하나 주고받는 데도 가슴이 설레고, 하루하루 생기 있게 사는 것도 중요하다고 생각해요."

"연애가 인생의 활력이라는 점은 부정하지 않아." 베니코 씨가 말했다. "아니, 인생의 중심이라도 괜찮지."

"그런데 왜요?"

베니코 씨는 집게손가락을 입술에 댔다. 조용히 하라고 말하는 듯했다. "당신은 꿈을 꾸고 싶어? 아니면 꿈을 실현하고 싶어?"

"꿈?" 나는 말문이 막혔다.

"꽃은 생명이 짧다고 하잖아. 사랑을 하지 않으면 삶에 의미가 없을지도 모르지." 베니코 씨는 계속 말했다. "다만

'여자는 타이거에 끌리고 마는 생물이다'라는 유전자의 습성을 잊으면 안 돼. 그 깊이를 알 수 없는 바다에 빠지지 않으려면 말이야. 설렘만으로 사랑은 이루어지지 않아."

그 말은 날아온 총알처럼 가슴에 콱 박혔다.

"그런가. 그렇구나." 나는 고개를 끄덕였다. "그럼, 마음이 끌리는 타이거를 잡으려면 각오가 필요하단 말이죠?"

"물론 타이거하고 연인이 되면 여자로서는 행복하겠지. 같이 있기만 해도 두근두근 가슴이 뛰고, 친구한테 소개하면 부러워할 테고. 우수한 수컷을 손에 넣는 건 암컷에게는 꿈이기도 해. 하지만 손에 넣을 수 있는 사람이 있다는 말은 손에 넣을 수 없는 사람도 있다는 말이야. 타이거 발밑을 봐봐. 그 주위에는 뭘 하고 싶은지도 모르고 어중간하게 달려들었다가 무시당하고, 바보처럼 인생의 귀중한 시간만 낭비한 채 끝난 팬케이크 여자의 머리가 굴러다녀."

따발총 같은 말의 공격에 내 머리가 떨어질 것 같았다. 분명, 자신하고 상대방 남자하고의 문제라고만 여기기 쉬운데 보이지 않는 곳에는 셀 수 없이 많은 여자가 있을 것이다. 그리고 나 또한 길가에 굴러다니는 하나의 머리에 지나지 않았다. "호랑이가 아니라 악마 같네요."

"그러니까 여자도 천사로만 있을 수는 없지."

"무서워."

가모가와강의 물결은 조금씩 보랏빛을 띠고, 어스름한 저녁으로 물들어가는 듯했다.

"이제 여자는 타이거라는 강적 앞에서 두 가지 길이 가능해. 어느 쪽을 고르든 정답이야. 그런 선택지조차 모르고 헤매는 여자들투성이지만 말이야. 어떤 위험이라도 각오하고 타이거를 노릴지, 그렇지 않은 남자를 노릴지 결정해야 해."

"타이거냐, 아니냐?"

"예스." 베니코 씨가 말했다. "타이거를 노린다는 건 좁고 험악한 야생의 거친 가시밭길을 가는 것. 아무튼 연애인지학을 이용해서 '아, 이 사람은 특별하다. 소중하게 대해야지. 슬슬 모험은 그만둘 때가 되었다'라고 생각하게 만드는 거야."

"또 하나의 길은요?"

"또 하나는 연인들이 거닐고 오리가 낮잠 자는 주말의 하천 부지처럼 편안한 길이지."

나는 가모가와강을 바라보았다. 스포츠웨어 차림의 부부가 포장된 길을 걷고 있었다. 물론 강가에 띄엄띄엄 자리 잡은 커플도 있다.

"엄청 편한 길이잖아요."

"타이거가 아닌 남자는 평소 여자들이 다가가지도 않을 뿐더러, 욕구불만 팬케이크 여자의 남자 버전 같은 거니까 연애 인지학에서 시키는 대로 공격하면 그만이야."

"말에 왠지 가시가 있네요?"

"장미 같다는 말?" 베니코 씨는 웃었다. "인기 없고 여자 경험도 별로 없어. 그렇게 넘어오기 쉬운 남자를 연애 인지학에서는 '피시'라고 불러."

"피시……. 물고기요?"

"기타 등등이 모인 무리지."

"그렇군요." 나는 남자를 무시하는 말이라고 생각하면서도 왠지 알 것 같았다.

"그런 남자는 여자한테 익숙하지 않으니까 주도권을 잡기 쉬워. 게다가 생물학적으로도 인기 없는 수컷은 겨우 손에 넣은 암컷을 필사적으로 지키려고 해. 그러니까 한 번 사귀면 그야말로 순애보라서 엄청 잘해주는 거지."

"어쩐지." 나는 숨을 내쉬었다. "타이거하고 반대 같네요."

"안심이 돼?"

"잘해주는 게 최고잖아요. 좋은 가정을 만들 수 있을 것 같아."

"그러면." 베니코 씨는 진한 아이 메이크업이 도드라진 눈을 크게 떴다. "피시하고 사랑할 수 있을 것 같아?"

"네?" 나는 고개를 갸우뚱했다.

"여기에서 남녀가 바비큐 파티를 한다고 생각해 봐." 베니코 씨는 하천 부지를 향해 두 손을 펼쳤다. "당신도 초대받아서 왔어. 차례로 그룹이 생기지. 한 시간 뒤, 문득 주위를 둘러보니까 테이블을 중심으로 당당하게 주변에 있는 여자들과 즐겁게 떠드는 남자가 있어."

"맞아요. 그런 남자들이 있죠."

"인생의 승자, 타이거 그 자체지." 베니코 씨는 고개를 끄덕였다. "반대로, 구석으로 눈을 돌려 보면 테이블도 음료도 없는 장소에서 몸에도 잘 안 맞는 티셔츠를 입은 남자들이 어쩐지 불편한 느낌으로 종이접시에 담은 고기를 먹고 있어. 흘끗흘끗 중심에 있는 자리를 부러운 듯 쳐다봐."

"맞아 맞아. 바비큐에 가면 꼭 그런 사람 있어요. 아, 상상 된다."

"피시 무리야. 여자한테 가까이 가지도 못해."

"가까이와도 곤란하죠." 나는 웃었다. "어차피 좋아질 것 같지도 않고."

"그런데 아까는 '잘해줄 것 같다'며 칭찬하지 않았어?"

"네?" 나는 눈을 깜박거렸다. "그거야 그냥 설명만 들었을 때는 그렇지만요. 실제로 이미지를 떠올려 보면 좀 다르기도 하고."

"그럼, 팬케이크 아가씨가 그런 자리에 있다면 어떻게 행동할 거야?"

나는 말차 라떼를 마시며 생각했다. 아무래도 피시 무리에는 다가가지 않겠지. 눈에도 안 들어올 걸. 역시 가운데 자리에서 즐겁게 떠드는 남자 쪽으로 갈 것 같다. 생글생글 웃고 있으면 "라인 아이디 알려줘"라고 할지도 모르지.

그때 기분 나쁜 예감이 들어서 퍼뜩 정신을 차렸다. 흠칫흠칫 앞을 보니 베니코 씨가 완전히 깔보듯 쳐다보고 있었다. 왠지 오싹했다. 잠자코 있다가 자수했다. "그러니까 나는 팬케이크 여자네요."

"당연하지."

"죄송합니다."

"당신 같은 팬케이크 여자는 입으로는 '잘 해주는 남자가 좋아' '나만을 사랑해 줬으면 좋겠어'라고 고장 난 라디오처럼 되풀이하면서 정작 그런 자리에 가면 소중히 여기

기는커녕 자기만 사랑해 줄 것 같지도 않은 타이거한테 홀
딱 반해버리지."

나는 아무 말도 못했다.

"처음에 말했듯이 그것도 하나의 길이야. 그런데 그럴
때야말로 냉정하게 '왜 끌리지?' '얼마나 좋아하지?' '감정
을 컨트롤할 수 있을까?' '정말 사귀고 싶은 건가?'를 생각
해야 해. 진심으로 타이거를 손에 넣고 싶다면 말이야."

"그 말씀이 맞아요."

"피시에 대해서도 똑같이 말할 수 있어."

"뭐가요?"

"어쩐지 인기 없을 것 같다는 느낌 때문에 피시 무리를
싸잡아서 '저쪽은 제외' '눈에도 안 차'라는 건 어리석음의
극치지. 분위기나 본능의 신호로만 타이거한테 끌리는 거
나 마찬가지로 행복을 놓치는 길이야. 알겠어? 좋아하려고
하지 않아도 돼. 그래도 알아보려는 노력은 필요한 거야.
피시로 가장한 보물도 있어."

그 말은 마치 지온인(知恩院) 제야의 종소리처럼 내 가슴
에 울려 퍼졌다. 아니나 다를까 별로일 것 같은 남자는 알
려고도 하지 않고 피하기에 바빴다. 얽히지 않아서 다행이
라고 생각했다. 그런 탓에 지금까지 만남을 놓쳤다고 생각

하니 어쩐지 슬퍼졌다.

잘 생각해 보면 얼마나 즐겁게 해주느냐로 그 남자를 평가하는 것도 이상한 이야기였다. 나도 그런 능력은 없는데. 자신의 얼굴에 팬케이크를 던져버리고 싶은 기분이었다.

"반성할게요."

"당신의 속도에 맞춰 배우면 돼." 베니코 씨의 목소리는 부드러웠다. "갈 길은 멀어."

정신을 차려보니 주변의 풍경이 한층 달라졌다. 관광객이나 주민들의 모습도 조금씩 사라지고 있었다. 가모가와 강 위에는 보랏빛 구름을 두른 석양이 보였다.

지금까지 내가 한 연애를 떠올려 보았다.

나는 아무 생각 없이 '좋아하나, 좋아하지 않나'라는 감정에만 빠져있었던 것 같다. 이모티콘투성이에 답장하기 곤란한 장문의 메시지를 보내고, 다른 사람을 신경 쓰지 않고 말을 걸기도 하고, 이런 사람일 거라고 제멋대로 상상하면서 달아올랐다. 그저 쫓아가기만 바빠서 마음대로 행동했다.

그런 식의 연애는 거의 잘되지 않았다. 차분하게 생각하라는 친구의 충고도 무시하기만 했다. 그리고 결국 침몰을 반복했다. 그때의 나는 자신이 뭘 하고 있는지 알고 있었을까?

"그러니까." 나는 얼빠진 표정으로 가슴을 지그시 눌렀다. "제대로 생각하고 행동하지 않으면 소용없다는 거죠? 몇 번이나 들은 말이지만."

"팬케이크 여자치고는 겸손하네." 베니코 씨가 말했다. "행동해야겠다고 겸손하게 생각한다는 건 자신감이 생겼다는 증거야."

그 말에 깜짝 놀랐다. 나한테 자신감이? 그 자신감?

듣고 보니 데라사키 씨하고는 편하게 라인을 할 수 있게 되었고, 야나기 씨에게는 데이트 신청도 받았다. 할 수 있는 것부터 하다 보니 실현된 일이지만. 이게 자신감이라는 걸까?

"왠지 항상 자신이 없었어요." 내가 말했다. "연애도 그렇지만 나는 정말 구제불능인가 싶고, 어쩐지 시시한 사람 같고. 어떻게 하면 자신감을 가질 수 있을지 고민했어요."

"연애 인지학은 인생을 되찾는 사랑의 학문이지. 결국 뭘 위해 고민하고 행동하는지 알아야 자신감이 생기는 거야. 당신은 사랑받는 여자가 되려고 실험을 계속했어. 상처받기도 했지. 배운 것도 있고. 그 하나하나가 당신을 자신감 있는 여자로 만든 거야." 베니코 씨는 말했다. "그런데 그 야나기라는 동료는 십중팔구 피시겠지? 왜 그 남자한테는 딱히 마음이 안 내키는지 알아?"

"그냥 취향이 아니니까 그럴까요?"

"그런 말로 단정 짓지 말고 좀 더 파고들어 봐." 베니코 씨가 말했다. "가장 큰 문제는 '인기 없는 남자의 접근법'을 그대로 사용하기 때문이야. 쭈뼛거리는 모습을 보이고, 라인으로 장문의 문자를 보내 데이트를 신청하고. 그런 식이면 여자의 유전자가 반응할 리 없지."

"여자의 유전자가 반응한다니. 엄청난 표현이네요."

베니코 씨는 고개를 끄덕였다. "당신의 본능이 움직이지 않았어. 인기 있는 수컷의 향기가 풍기지 않았으니까. 그래도 그뿐이야. 인기 없는 거 말고 다른 결점은 없어?"

"글쎄요……." 나는 볼을 긁적였다. "의외로 엘리트이고 성실한 것 같고. 아니, 관심을 보여주니까 우량 상품인 것 같기도 하네요."

"이성적으로 생각하면 그렇지." 그 순간 나를 보는 베니코 씨의 눈이 번뜩하고 빛났다.

"왜, 왜 그러세요?"

"어머, 모르겠어?" 베니코 씨가 말했다. "지금 당신은 '타이거하고 피시 중에 어느 쪽을 노릴까?'라는 여자 인생

최대의 선택지에 몰려있는 거야. 여자의 연애 전략은 이 두 가지 길로 나뉘어. 이게 바로 '타이거와 피시 이론'이지."

"진짜요?" 나도 모르게 목소리가 커졌다.

"호강에 겨운 팬케이크 아가씨." 베니코 씨가 말했다. "자, 어느 쪽을 노릴 거야?"

"네?" 나는 고개를 갸우뚱했다. "이건 초식남과 육식남 같은 거예요?"

"그건 이성을 공격할 수 있느냐 없느냐의 문제지. 행동으로 나눈 거야. 우리는 지금 '생물의 계급'을 나누고 있어. 자기가 먼저 공격하지 않아도 인기 있는 남자도 있고, 공격해도 인기 없는 남자도 있어. 비슷하지만 혼동하지 마."

"그렇군요. 너무 심오한 얘기네요."

"호랑이를 사냥할 것인가, 물고기를 잡을 것인가." 베니코 씨는 고개를 끄덕였다. "어느 쪽을 선택하든 정답이라니까. 중요한 건 자기가 어느 쪽에 도전하고 있는지를 이해하는 거야."

"이해라고요."

"상대에 따라 작전이나 마음가짐이 다르니까. 그리고……." 베니코 씨는 내 가슴 언저리를 집게손가락으로 콕 찔렀다. "연애의 실패는 자기가 뭘 하는지 이해하지 못

할 때 찾아와."

나는 눈을 깜박거렸다. 생각지도 못한 두 가지 선택지가 나를 몰아세우고 있었기 때문이다.

"그런데요." 나는 몸을 앞으로 내밀었다. "둘 다 노리면 안 될까요?"

"역시 팬케이크 여자는 약삭빠른 생각을 하네."

"저도 잘 안다고요."

베니코 씨는 고개를 저었다. "나는 팬케이크 아가씨의 본심을 묻는 거야. 어떻게 행동할지는 그다음 문제니까. 중요한 건 상대방의 마음에 들지 안 들지가 아니야. 자신의 마음에 드느냐 안 드느냐라는 거지."

그 시선으로부터 도망치듯이 나는 발밑을 보았다. 해가 지고 그림자는 이미 사라졌다. 대신에 모래나 흙이 어렴풋이 보였다.

베니코 씨는 알면서도 내가 말할 때까지 기다렸다.

상대방은 자신의 마음을 아니까 표현하지 않아도 된다는 말은 어리광일 뿐이다. 그러면서 뒤늦게 그런 게 아니었다고 안절부절못한다. 우리는 제대로 마음을 표현해야만 한다.

"베니코 씨."

하천 부지에는 이제 둘뿐이었다. 가모가와강에는 밤이 검은 안개처럼 다가와 있었다. 그 어둠 속을 바라보던 베니코 씨가 돌아보았다. 밤에 핀 장미 같은 입술이 인상적이었다.

"나는 아무래도 데라사키 씨를 못 잊겠어요." 내 목소리는 떨리고 있었다. "나는 역시 본능을 거스르지 못하는 팬케이크 여자인가요?"

"처음에 말했듯이 어느 쪽을 고르든 정답이야."

"정말이요?"

"여자의 인생이 이치대로 흘러가지는 않지. 모든 것을 이론이나 스킬로 움직일 수도 없고. 인생은 부딪쳐야만 할 때도 있고, 아무리 노력해도 포기할 수 없는 감정도 있어. 당신이 데라사키라는 타이거를 붙잡고 싶다면 그대로 달려가도 괜찮아. 다만……."

"다만?" 나는 몸에 힘을 꽉 주었다.

"당신이 결정한 거야." 베니코 씨의 목소리는 잔잔히 울렸다. "최선을 다하는 수밖에."

나는 10초 정도 잠자코 있었다. "네."

가모가와강은 완전히 밤의 어둠에 감싸였다. 수면이 반짝거리며 반사한다. 그 어두운 물결을 바라보았다. 강적 타이거인 데라사키 씨의 얼굴이 떠올랐다. 되돌릴 수 없는 것은 알고 있다. 지금도 나의 마음이 그쪽을 원한다고 말하고 있으니까.

제4장

사소한 약속도 지키는
여자가 될 것

"라인의 목적은 데이트로 이어가는 것. 알고 있어요." 그 날 밤, 나는 프랑스풍 찻집에서 두 손을 테이블에 짚고 있었다. 마치 법정에서 무죄를 주장하는 변호사처럼. "데라사키 씨는 언제 데이트 신청을 할까요?"

"이래서 당신은 머리에 휘핑크림하고 과일하고 초콜릿이 가득 찬 팬케이크 여자야."

"아, 호되게 야단맞았다."

"기다리기만 하는 여자는 기회를 놓친다고. 어린애도 아닌데 갖고 싶은 건 스스로 움켜쥐어야지. 거절당할까 봐 무서워도 그런 걸 극복해야 앞으로 나아가는 거야."

"네? 그래도……." 나는 수수께끼를 푸는 탐정처럼 턱에 손을 댔다. "내가 신청하면 포지션이 낮아지잖아요? 인기 없는 여자처럼 보일 텐데."

"데이트 신청하고 포지션은 상관없어. 단지 어설프게 비위나 맞추려고 하니까 포지션이 낮아지는 거지. 인기 있는 여자도 '우리 만날까' 하고 남자를 불러내지만 그런 일이 포지션을 떨어뜨리지는 않잖아?"

"그렇구나."

"가치를 떨어뜨리지 않도록 말하면 돼."

여전히 연애 레벨이 낮은 팬케이크 여자에게는 도무지 이해가 안 되었다. "그건 어떻게 하는 건데요?"

베니코 씨는 싱긋 웃었다. 사랑에 관해 얼마나 능수능란하면 이렇게 자신감으로 충만한 여자가 될 수 있을까.

"현대 사회는 라인 능력이 바로 연애 능력이라고 해도 지나치지 않지."

베니코 씨는 스마트폰을 손가락으로 집어 앞뒤를 보여주었다. 거기에 속임수나 무슨 장치가 없는 것을 나타내듯이. "라인으로 썸 탈 때를 생각해 볼까. 라인은 내용보다 템포라고 전에 말했잖아? 라인은 글의 내용이 중요한 게 아니야. 서로 티키타카하면서 결국에는 무슨 이야기든 할 수 있는 분위기를 만드는 도구지. 그걸 연애 인지학에서는 '프랭크십(frankship)'이라고 불러."

"그건 프렌드십하고는 다른 거예요?"

"삼각콘하고 유니콘만큼 다르지."

"둘 다 뾰족한데 전혀 다르네요."

"알겠어?" 베니코 씨는 집게손가락을 세웠다. "우정의 프렌드십이 아니야. 친구관계가 되고 싶은 게 아니니까. 어디까지나 이성적인 호감을 느끼면서 무슨 얘기든 할 수 있는 특별한 포지션을 노리는 거지. 타이거한테는 특히 효과가 있어. 다른 여자하고 차별화할 수도 있고."

"그렇구나. 어쨌든 남녀 사이의 긴장감은 유지한다는 느낌이네요."

"반대로 생각해 보면, 인기 있는 사람은 프랭크십을 아주 쉽게 맺어. 불쑥 속마음을 말하거나 장난치기도 하면서. 그래서 가볍게 불러낼 수도 있다는 말이지."

"아, 그러네." 나는 고개를 끄덕였다. "인기 있는 사람은 거리 좁히기 선수예요. 가볍게 분위기 타다가 어느새 술자리에 불려 나간 느낌이랄까."

"그런데 당신 같은 팬케이크 여자는 정중하게 라인을 보내서 딱딱한 관계를 만들 뿐이지. 인사를 하더라도 '고마워' 정도면 될 걸 장문의 메시지를 보내고, 데이트 신청하는데 무슨 중대한 의뢰라도 하는 양 말을 꺼내기도 하고. 완전히 분위기 파악 실패."

그 말은 3미터짜리 바늘로 찌르듯 가슴에 박혔다. 남자가 허락하기 쉽도록 노력했을 뿐인데. 분위기 파악을 못 한 사람은 나였나 보다. 그래서 내가 다가간 순간 당연하게도 답장이 오지 않았던 것이다.

"도대체 어떻게 하면 그 프랭크십을 맺을 수 있는 거죠?"

"이미 가르쳐줬는데."

나는 눈을 깜박거렸다. 그리고 몇 초 뒤 "아" 하고 중얼거렸다. 지금까지 연습해 온 연애 인지학 스킬. 그 하나하나가 프랭크십을 맺기 위한 스킬이었다.

"프랭크십만 맺으면." 베니코 씨는 말했다. "아무튼 데이트에 불러낼 수 있어. 불러낸다는 감각조차 없다는 걸 알게 될 거야. 커뮤니케이션의 기본은 자신이 대우받고 싶은 대로 남을 대하는 거지. 그러니까 자신에게 솔직하게 대해주기를 원한다면?"

나는 잠깐 생각했다. "이쪽에서 솔직하게 대하는 건가요?"

"당연하지."

"왠지, 정말 심오한 세계예요."

"말할 필요도 없이 라인의 목적은 데이트로 이어가는 것." 베니코 씨가 말했다. "그러기 위해서 필요한 것이 프랭크십이라는 말이야."

"어려워졌네요." 나는 팔짱을 꼈다. "그래, 솔직하게 대하는 거였구나."

"고민될 때는 힘을 좀 빼야 될 때야."

"어, 네?"

"라인은 최대한 세심하게 머리를 짜내서, 최대한 가볍게 보내는 거니까."

또 동영상 편집하나요. 나는 라인을 보냈다. 완전 유튜버 아니에요?

일이야. 유튜버 아니라니까. ㅋㅋ

그만 인정하시죠. ㅋㅋ

인정 못 해.

저, 그런 데 편견 없는데. 새로운 삶의 방식은 인정하는 편이라.

일입니다. 데라사키 씨가 답장했다. 그만 좀 알아차리시죠.

밤 10시 반쯤, 집에서 데라사키 씨와 라인을 하고 있었다. 서로 이성적인 호감을 느끼며 장난치는 느낌이었다.

프랭크십만 만들어지면 무슨 말을 보내도 괜찮다. 그런 생각에 마음이 편했다. 정답은 얼마든지 있고, 뭐가 더 나은 것도 아닌 것 같으니까. 랠리가 될 때도 있었고, 한나절 답장을 안 할 때도 있었다.

으, 근데. 데라사키 씨가 말했다. *가벼운 숙취.*

술 마셨나 보네요.

응. 7잔 정도. 뭐, 일은 하고 있지만.

역시. 내가 보냈다. 잘나가는 영업맨.

나는 연애 인지학의 '역시 스킬'을 사용했다. 이 '역시'라는 말은 언제든지 사용할 수 있는 매직 용어다. 상대방을 치켜세우면서 이야기할 수 있다. 평소 입버릇처럼 사용해도 좋다. 바로 답장이 왔다. 데라사키 씨도 스마트폰을 보는 타이밍인가 보다.

뭐, 엄청 단련됐으니까.

완전 자신만만.

타고났지. 데라사키 씨가 보냈다. 부모님께 감사해.

하긴, 마시는 편이 즐거운 인생이죠.

안 마시는 사람 앞에서는 말 못하지만.

아, 알아요. 이어서 보냈다. 어쩐지 손해 보는 것 같아.

까놓고 말해서 그렇긴 하지. ㅋㅋ

그렇죠. ㅋㅋ 이어서 보냈다. 마시는 게 최곤데. 솔직히
안 마시는 사람하고 있으면 신경 쓰일 때 있잖아요.

술값도 그렇고.

자기는 안 마셔도 분위기 맞출 수 있다는 사람도 있지
만요.

응.

오히려 신경 쓰여.

완전 공감. 데라사키 씨가 이어서 보냈다. 이쪽은 멀쩡한
사람한테 관찰당하고 싶지 않은데 말이야.

술꾼한테 흔한 일이네요.

흔하지. ㅋㅋ

이제 술을 안 마시는 사람을 적으로 삼아 이야기했다. 물
론 악의는 없다. 하지만 속셈은 있었다. 연애 인지학의 '뒷
담화 스킬'이었다. 다른 사람 흉을 보면서 공범이 된다. 사

이가 확 가까워지는 것이다.

데라사키 씨가 마시는 사람이니까 이번에는 '안 마시는 사람'을 뒷담화했다. 만약 그가 마시지 않는 사람이었다면 '안 마시는 사람을 이해 못 하는 사람'을 들고 나왔을 것이다. 상대방에 따라 그 내용은 달라진다.

사실, 그다지 기분 좋은 방법은 아니다. 하지만 무슨 수를 써서라도 손에 넣고 싶은 것이 있다. 스마트폰을 노려보며 이것은 더 이상 놀이가 아니라고 느꼈다. 적어도 두근거림을 즐기는 게임은 아니었다. 그런 생각을 하는데 가슴속으로 쓸쓸한 바람이 부는 듯했다.

스마트폰에서 얼굴을 들었다.

그때, 벽에 있는 거울 속에 자기 모습이 비쳤다. 일을 끝내고 실내복으로 갈아입은 자신은 겨우겨우 생활을 꾸려가고 있다는 기분이 들었다. 앞머리는 집게 핀으로 고정해 두었다.

그때 문득 깨달았다. 나는 이제야 진정한 어른이 되는 걸까. 그렇다면 이 쓸쓸함은 아마도 받아들여야 할 것이다.

나는 기본적으로 맥주하고 사케.

오오. 이어서 보낸다. *사케 마시는 사람 드물어요.*

그냥 안 마시는 사람이 많지.

나는 다시 스마트폰에 집중했다. 라인 랠리가 이어지고, 가벼운 분위기로 메시지를 주고받게 되었다. 말 그대로 프랭크십.

나는 '라인의 목적은 데이트로 이어가는 것'이라고 써서 벽에 붙여 둔 종이를 보았다.

지금이야말로 데이트 신청할 타이밍이다. 머리끝에서 발끝까지 세포 전체가 '지금 말하지 않으면 너는 평생 팬케이크 여자야'라고 소리치는 것 같았다.

그러니까, 만나지도 않고 줄기차게 라인만 해봤자 아무 소용이 없다. 싫증 날 뿐이다. 특히 타이거가 상대라면 '귀찮아. 어정쩡한 여자잖아'라고 얕볼 수도 있다. 다가설 타이밍이라면 ─ 승낙할 것 같은 분위기라면 ─ 망설이지 말고 데이트 신청할 것. 야무진 느낌도 어필 포인트다.

그런데, 뭐라고 말하면 좋을까?

머릿속에 몇 가지 문장이 떠올랐다. 슬쩍 건네는 짧은 말, 가고 싶은 가게 정보, 또는 좋아하는 음식을 물어볼 수도 있다. 전부 정답일 것 같기도 하고, 전부 실패할 것 같기도 했다.

아니, 그게 아니지. 그런 고민 자체가 틀렸는지도 모른다. 데라사키 씨하고는 이미 프랭크십이 만들어졌다. 그렇다면 어떤 식이든 상관없다.

사케. 나는 3만 5천 명의 병사를 이끄는 장군이 전쟁터에서 출격 명령을 내리는 느낌으로 공격이다, 하며 글자를 획획 입력했다. *같이 어때요.*

보내기 버튼을 눌렀다. 글자가 툭 나타났다.

대화의 흐름을 딱 끊으면서 ─ 그 자체가 비위 맞추지 않는다는 어필이 된다 ─ 술이라는 화제를 이용하는 느낌. 예전의 자신이라면 절대 못 할 직구였다.

심장이 덜컹 내려앉았다. 그 소리는 기온 축제 때 교토시에 울려 퍼지는 음악처럼 가늘고 길게 여운을 남기며 울렸다. 가슴속이 꽉 조여 왔다.

차를 마시다가 그 긴장감의 정체를 바로 알았다. 그것은 기억의 밑바닥에서 악몽처럼 올라왔다.

느낌이 좋다고 생각한 남자와 라인을 주고받다가 부탁하듯 데이트 신청을 한 순간 깨끗하게 안읽씹당하고, 늦은 오후 가모가와강에서 주둥이를 벌리고 빵을 받아먹으려는 오리처럼 몇 날 며칠 스마트폰만 노려보면서 답장이 언제 올까, 바쁜가, 하며 기대하던 과거의 감정이 되살아났다. 물론 답장은 오지 않았고 추격 라인도 무시당했다.

어쩌면 나는 사랑받는 실험을 하면서 과거의 보상받지 못한 마음을 구원하려는지도 모른다.

책상 위에 있는 민트 사탕 하나를 꺼내 깨물었다.

그때 책상 위에서 스마트폰이 부르르 떨렸다. 진동 소리 가 의외로 컸다. 깜짝 놀라는 바람에 민트 사탕이 목 안에 걸려서 숨이 막혔다.

지금은 그게 문제가 아니다. 쿨럭쿨럭 눈물을 훔치면서 스마트폰을 손에 들었다.

오. 데라사키 씨의 답장이었다. *같까?*

어이없을 정도로 산뜻한 대답.

몸에서 힘이 스르르 빠졌다. 이런 거였어? 지금까지도 데이트 신청은 좀 더 정중하게 하는 거라고 마음속 어딘가 에서 생각했었는데.

감격에 겨워 전화를 걸었다.

"베니코 씨." 나는 두 손으로 스마트폰을 쥐었다. "데이 트 신청 성공했어요."

전화 속에서 8초 정도 침묵이 흘렀다.

"그래서?"

"그래서라니. 너무해요." 내가 말했다. "엄청 노력했다고요."

"그러니까 당신은 팬케이크 여자야." 베니코 씨가 말했다. "어차피 OK라는 대답만 받은 거잖아. 얼른 날짜를 정하라고. 여기서 질질 끌면 흐지부지될지도 몰라."

"아, 그러네요." 나는 2초 정도 멍한 채로 몸이 굳었다. 정말로 데이트할 수 있을지 아직 정해지지 않았다. 내키지 않으면 약속을 깰 수도 있다.

"데이트는 당일에 상대방의 얼굴을 보기 전까지는 방심하면 안 되는 거야."

"네? 그러면 어떻게 하면 돼요? 아, 저 무서워요."

"알겠어?" 베니코 씨의 목소리는 차분했다. "일단 데이트하기로 했으면 얼른 날짜를 잡아. 친구하고의 약속도 어쩌다가 스케줄이 안 맞아서 없었던 일이 되기도 하잖아?"

나는 천장을 쳐다보았다. 그러고 보니, 약속을 하고도 일정을 정하지 못해 어느새 사라진 계획은 얼마든지 있었다.

"아무 생각 없이 '그런데 시간 언제 돼요? 알려주시면 맞출게요'라는 달콤한 말만 하다가는 영원히 정해지지 않아."

"어, 그래도 상대방의 예정을 묻는 게 예의잖아요. 배려하는 거니까."

"예의라는 가면을 쓰고 스스로는 아무것도 결정 못 하는 나약한 모습이야."

그 말을 듣고 스마트폰을 떨어뜨릴 뻔했다. 어쩌면 그럴지도 모른다. 일정을 정하는 것은 용기가 필요한 일이다. 급한 일이 생길까 봐 불안하기도 하고, 책임지지 싫고, 이 것저것 생각하기 귀찮으니까 상대방이 정해주기를 바라게 된다.

"아아." 나는 털썩 쓰러졌다. "역시 나는 소극적인 팬케이크 여자였어요."

"중요한 사실을 가르쳐 주지."

"네?" 나는 고개를 들었다.

"이 세상에 깨진 약속은 넘칠 만큼 많아." 베니코 씨의 목소리는 부드러웠다. "그런데 말이야, 앞으로 약속을 실현할 수 있을지 어떨지는 당신한테 달려 있어."

그 말은 마치 구원처럼 가슴속에 울려 퍼졌다. 우리는 언제나 쉽게 약속을 정한다. 그러나 대부분 깨지기 쉬웠다. 우연히 그렇게 되기도 하고 바빠서 그렇기도 하지만, 아무도 책임지지 않았기 때문은 아닐까.

"지금까지 나는 약속을 지키려는 노력을 하지 않았던 거네요."

"그럴지도 모르지." 베니코 씨가 말했다. "사소한 약속이라도 지키도록 해. 되도록 지킬 수 없는 약속은 하지 말 것. 지키지 못한 약속은 자신의 가치를 떨어뜨리는 거야."

나는 '데이트는 당일 상대방의 얼굴을 볼 때까지 방심하지 말 것'이라고 벽에 새로 붙인 글자를 뚫어지게 보았다.

상대방은 타이거다. 기분에 따라 취소할 수도 있다. 콧김을 푸 하고 내뿜었다. 스마트폰에 입력하는 데도 힘이 들어갔다.

좋아요. 이어서 보냈다. *그럼, 곧바로 만날 수 있는 날은.*

눈치 보는 느낌 없이 간단한 문장으로. 물론, 매달리는 느낌은 NG다. 조바심 난 여자처럼 보여서 포지션이 내려가니까. 연애 인지학의 '인기를 얻으려면 인기 있는 척할 것'은 필수 법칙이다.

여기서 사용한 방법은 '곧바로 스킬'이다.

데이트 날짜를 정할 때 대활약한다. 아무튼 '곧바로(가까운 시일 내) 만날 수 있는 날은 언제예요?'라고 질문하는 것. 이 방법을 사용하면 각자의 휴일을 비교하며 예정이 맞지 않는다는 등 쓸데없는 시간 낭비를 할 필요가 없다. 물론 상대방에게 맞출 수 있을 정도로 시간 여유가 있을 때만 사용할 수 있지만. 여유로운 느낌을 연출하기 위해 '물음표 금지 스킬'도 사용했다.

1분 후, 데라사키 씨에게 답장이 왔다.

일단 이번 주 다음 주는 안 되겠네.

나는 오리처럼 입을 벌렸다가 입술을 앙다물며 생각했다. 여기서 포기하고 "그럼 다음에 정할까요"라고 보내면 아마 안 될 것이다. 한 번 탄 흐름을 놓치면 다시 돌아오지 않으니까. 다음은 없을지도 모른다.

역시 유튜버.
왜 또 놀려. ㅋㅋ

우선 매달리는 느낌을 주지 않기 위해 잡담을 꺼냈다. 데 이트하고 싶어서 안달하기보다 여유가 있다는 느낌으로. 좋아. 이제 두 번째 스킬을 사용할 때다

근데 이어서 보냈다. 평일도 괜찮다고 했었죠.
미리 알면 괜찮아.
다다음주 목요일이나 일요일 어때요?

이것은 '후보 날짜 스킬'이었다. 바쁜 탓에 '곧바로 스킬' 을 쓸 수 없을 때나 빨리 정하고 싶을 때 이삼일로 후보를 좁혀서 제안하는 것.

포인트는 "다다음주는 토요일 일요일 둘 다 비어 있어 요."라고 연속으로 제안하지 않는 것. 주말에 약속 없는 한 가한(가치가 낮은) 여자라고 생각할 수 있기 때문이다.

메시지를 보낸 다음에 침을 삼켰다. 스마트폰을 주시했 다. 그리고 읽음 표시가 붙은 걸 보고 잠시 후에 휴 하고 숨 을 내쉬었다.

아, 18일 가능해. 데라사키 씨가 보냈다. 일요일이지만

오후에 온라인 회의 끝나고 그다음엔 여유.

   그 순간, 기쁜 나머지 스마트폰을 이불에 던졌다. 스마트폰은 축포처럼 튀어 올랐다가 착지했다. 이미 머릿속은 교토 부립 식물원의 장미원처럼 장밋빛으로 가득했다. 어찌어찌 데이트를 하고, 데라사키 씨가 립스틱처럼 새빨간 장미꽃 한 송이를 선물해 주고, '아이참 데라사키 씨, 장미원의 장미는 가지고 가면 안 되는데요'라고 말하는 장면까지 상상하면서 목구멍 안쪽에서 자신도 뒷걸음질 칠 정도로 기분 나쁜 소리가 흘러나오는 참에 제정신으로 돌아왔다.

   그때 '데이트는 당일 상대방의 얼굴을 보기 전까지 방심하지 말 것'이라고 벽에 붙인 글자가 눈에 들어왔다.

   맞다. 진정해라 팬케이크 여자. 아직 데이트한 것도 아니다.

   얼굴을 찰싹찰싹 때렸다.

   좋아요. 나는 이불 위에서 스마트폰을 집었다. 그럼 7시에 시조키야마치 햄버거 가게 앞 어때요?

   그럴까. 늦을 것 같으면 연락하지.

혹시라도 5백억 엔짜리 계약 들어올 것 같으면 그쪽으로 가세요.

그런 일이 어딨어. ㅋㅋ 데라사키 씨가 이어서 보냈다.

재밌겠네. 우리 회사도 사겠어.

사버려요.

좋아. 내년의 목표로 하지. 산다. 나는 할 수 있어.

멋져 ㅋㅋ 역시 유튜버.

아니라니까.

메시지에 두근두근하면서 만날 장소와 시간도 정했다. 내가 제안하는 형태로.

그런 식으로 흘러가는 대로 라인을 주고받다가 ─ 꽃미남하고 라인하는 것만으로도 자존감이 마구 올라간다 ─ 문득 정신을 차렸다.

그런데, 데이트하는 날까지 이대로 라인을 계속하면 되는 걸까?

방을 둘러보았다. 어디에도 답은 붙어 있지 않았다. 데라사키 씨와의 데이트 약속에만 열중하느라 약속이 정해진 다음 일은 생각조차 하지 않았다.

데이트하는 날까지 열흘 넘게 남았다. 이대로 라인을 계속할 것인가, 아니면 일단은 중지해야 할까. 그것이 문제였다. 계속하는 편이 안전할 것 같기도 하고, 오히려 흥이 떨어지는 느낌도 들었다. 아니, 라인을 계속할 수 있을지도 걱정이었다. 어느 쪽이 정답이지?

다음 순간, 나는 스마트폰을 손에 들었다. 베니코 씨에게 라인을 보내려고 했다. 분명히 답을 가르쳐 줄 것이다.

그러나 녹색 아이콘을 10초 정도 바라본 다음 그만두었다.

아니야. 계속 베니코 씨에게 의지할 수는 없어.

내가 노리는 사람은 타이거인 데라사키 씨다. 이런 약한 태도로는 상대할 수 없다. 이제 나는 스스로 답을 찾는 여자가 되어야 한다.

화면에는 데라사키 씨가 보낸 메시지가 있었다.

손이 떨렸다. 자칫 잘못하면 데라사키 씨와의 데이트가 순식간에 사라져 버릴지도 모른다. 하나라도 잘못 선택하면 아웃. 그렇게 생각하자 너무 무서웠다. 하지만 사랑받는 실험을 그만둘 수는 없었다.

제5장

인생을 바꾸는 것은
리액션이 아니라 액션

다음 주 금요일, 일을 마친 후 기온시조 역에서 내렸다.

　셀카봉으로 사진을 찍는 관광객과 교토 시민으로 북적거리는 시조 대교를 건너 프랑스풍 찻집 문을 열었다. 그리고 붉은 벨벳 의자로 향했다.

　"솔직히 엄청 고민했어요. 만나는 날까지 라인을 계속해야 데이트로 자연스럽게 연결될 것 같기도 하고, 일단 멈추지 않으면 싫증낼 것 같기도 하고. 그런데."

　나는 커피에 각설탕을 넣었다. 티스푼으로 젓는다. 그런 다음 고개를 들었다.

　"정답은 '상관없다'라고 생각했어요. 인기 있는 여자는 그런 거 신경도 안 쓸 테니까. 메시지 보내고 싶으면 보내고 귀찮으면 안 해도 그만이라고요."

　"얘기는 끝까지 들어야겠지." 베니코 씨는 찻잔을 들었다. "그래서?"

"지금은 라인 안 해요." 내가 말했다. "데이트까지 일주일 넘게 남았으니까 괜찮을 것 같아서요. '인기 있는 여자의 읽씹' 스킬로 중단해도 좋았겠지만, 그냥 '저는 잘게요' 하고 끝냈어요. 답장으로 이모티콘이 왔는데 또 보내지는 않았고요. 상관없을 것 같아서."

나는 무릎에 손을 올리고 있었다. 힐끗 베니코 씨의 눈치를 살폈다. 스스로 결정했지만, 정답인지 알 수 없어서.

베니코 씨는 커피를 마신 다음 잔을 내려놓았다. "팬케이크 아가씨."

"미호예요." 나는 바로 정정했다.

"엑설런트."

"네?"

"정말 기쁘네. 당신이 사랑받는 실험의 진리 한 가지를 터득한 것 같아서."

"네? 뭔데요?" 나는 뜻밖에 칭찬받고 조바심이 났다. "무슨 말인지 전혀 모르겠는데요."

"알겠어?" 베니코 씨는 집게손가락을 세웠다. "아무리 연애 인지학이 목적을 이루기 위한 다양한 스킬의 축적이라고 해도 결국에는 스킬 따위 상관없다고 생각하는 느낌이야말로 중요해. 어떻게 행동하든 상관없다, 고민할 가치도 없다. 그게 연애 인지학이 추구하는 '인기 있는 여자의 마인드'야. 승리할지 어떨지는 상대방에 따라 다르지만, 지느냐 마느냐는 자기한테 달렸어. 그리고 인기 있는 여자의 마인드를 갖게 되면 뭘 하든 지지 않아."

나는 부끄러워서 머리카락을 만지작거렸다. 인기 있는 여자라는 말이 어쩐지 간지러워서. 옛날부터, 아마도 이성을 의식하기 시작한 이후로부터 인기라는 단어는 자신하고 관계없다고 여겼었다. 교실 중심에 있는 특별한 사람만이 가지고 태어나는 재능 같은 것. 가지지 못한 사람이 인기를 얻는 일은 평생 없으리라고 생각했다.

그런데 베니코 씨를 만난 뒤로 그렇지 않다는 사실을 배웠다. 연애는 배울 수 있는 스킬이다. 몇 살이든 인생은 바뀔 수 있다. 내가 직접 실천하면서 느낀 일이었다.

나는 찻잔에 입을 댔다. 따뜻한 커피가 기분 좋았다. 혹시 내가 '인기 있는 여자'에 조금이라도 가까워졌다면 그보다 기쁜 일은 없다.

"두 사람 사이에 생긴 '프랜크십'을 잘 유지하면 데이트하는 날까지 라인을 하든 안 하든 상관없어. 다만, 그날까지 일주일 이상 남았으니까 방치하기보다는 '튜닝 라인'을 해 두는 게 아무래도 좋겠지. 데이트까지 텐션을 유지하기 위해서 라인을 하는 거야. 화제는 데이트하고 상관없어도 돼."

"그럼, 그건 얼마나 하면 되는 거예요?"

"다섯 번 정도 주고받다가 읽씹해도 되고, 좀 더 분위기를 타도 괜찮아. 중요한 건 '뭘 위해서 하는지'를 잊지 않는 것. 어렸을 때하고는 달리 사랑에 관해서 목적 없는 여행은 안 돼. 이번 경우는 뭘 위해서일까?"

나는 베니코 씨의 질문에 당황했다. 집게손가락을 관자놀이에 댔다.

"데이트를 달성하기 위해서요?"

"대답은 예스." 베니코 씨는 다른 사람의 작품을 보듯이 자신의 오른손을 바라보았다. 레트로 조명에 붉은 손톱이 반사했다. "이 세상 모든 일은 튜닝하지 않으면 손가락 사이로 빠져나가는 법이야. 인연은 노력. 뭐든지 목적을 이루는 것보다 유지하는 게 어려워."

"베니코 씨."

"왜?"

"그건 혹시." 나는 고개를 갸우뚱했다. "인기 있는 여자가 되는 것보다 계속 인기 있는 여자로 사는 게 더 어렵다는 말이에요?"

베니코 씨는 살짝 입술을 벌렸다. 놀란 표정이었다. 그런 다음 미소 지었다. "그렇지. 당신도 나도 여자로 존재하는 한 사랑받는 실험은 끝나지 않는다는 말이야. 나의 연애 인지학은 일시적으로 인기를 얻기 위한 약아빠진 스킬이 아니니까. 물론 그렇게 사용할 수도 있어. 당신이 실험하면서 정할 일이야. 적어도 나는 여자가 아름답게 살아가기 위한 방법이라고 생각해. 당신이 더 나은 인생을 원한다면 이 사랑받는 실험은 평생 계속되는 거지."

그 말에 마음을 놓았다. 사랑받는 실험에 끝은 없다는 말이 왠지 기뻤다. 배우고 싶은 것이 아직 잔뜩 있으니까.

나는 몸에 힘을 빼고 숨을 쉬었다. "다행이다. 왠지 눈물 날 것 같아."

"여자의 눈물은 마지막까지 아껴 둬." 베니코 씨는 오른손을 가볍게 폈다. "그리고 데이트를 달성하기 위한 라인 스킬은 전부 두 개야. 아까 말한 튜닝 라인 말고 '홀드 라인'을 가르쳐 주지."

"홀드 라인?" 나는 몸을 앞으로 내밀며 눈에 힘을 주었다.

"이건 마지막 수단인데 그 데이트를 확실하게 못 박기 위한 스킬이야." 베니코 씨는 테이블에 집게손가락을 콕 찔렀다. "데이트하기 전날이나 이틀 전에 '시간 맞춰 갈 수 있을 것 같아요' '중앙개찰구에서 볼까요' '일 때문에 5분 정도 늦을 것 같아요' 같은 메시지를 보내는 거지. 확인시켜 주는 거야. 물론 상관없는 메시지를 보낸 다음에 두 번째로 이런 이야기를 해도 괜찮아. 요령은, 약속했으니까 당연히 데이트할 거라는 느낌으로 슬쩍 만나는 방식을 확인하거나 바꾸는 거지."

"왠지 당연한 말 같은데 그게 무슨 효과가 있어요?"

"다짐이야." 베니코 씨가 말했다. "좋든 싫든 '아, 꼭 가야 하는구나'라고 느끼게 하는 것. 라인이 데이트로 가는 마라톤이라면 골인 지점 직전에서 상대방의 멱살을 꽉 붙잡아 당일 만나는 장소까지 끌고 가는 거야."

"왠지 뒤숭숭한 비유네요."

"어머, 원래 그런 것도 연애야." 베니코 씨는 싱긋 웃었다. "인기 있는 여자는 지지 않고, 남자를 붙잡아둘 수 있는 여자는 이겨."

나는 가방에서 복숭아 맛 민트 캔디 한 알을 꺼내 파삭 깨물었다.

데이트 당일까지 어떤 메시지를 보내면 좋을지 지금까지는 전혀 몰랐었다. 그러나 베니코 씨의 가르침 덕분에 시야가 단번에 트였다. 데이트하는 날까지 튜닝 라인을 해서 텐션을 유지하고, 전날이나 이틀 전에 홀드 라인으로 확정하면 되는 걸까. 역시 연애 인지학.

그렇지만 아는 것과 할 수 있는 것은 완전히 다르다. 그런 생각에 불안해졌다. 잘 할 수 있을까. 실패해서 데라사키 씨에게 미움받고, 데이트 기회를 놓칠지도 모른다. 갑자기 무서워졌다.

"그런데요." 내가 말했다. "이렇게까지 스킬을 사용할 필요가 있어요? 연애 인지학 스킬을 사용하면 유리한 건 알겠어요. 하지만 뭐랄까, 그렇게 계산적으로 라인을 하거나 데이트를 하면서 밀당을 하는 건 너무 진지 모드 아니에요?"

베니코 씨는 커피를 마셨다. 그 눈은 나를 똑바로 쳐다보고 있었다.

한 번 떠들기 시작하자 교토시 전역을 관통하는 가모가와강의 물결처럼 멈출 수 없었다.

"그렇잖아요. 지금도 데라사키 씨하고 라인을 하고 있고. 튜닝 라인이나 홀드 라인은 사용해도 좋을 것 같아요. 하지만 그런 생각 없이 즐기는 것도 나쁘지는 않잖아요? 연애란 게 원래 그렇고. 어떻게 하면 남자를 넘어오게 할지만 생각하는 게 왠지⋯⋯."

"연애에 밀당은 필요 없다?"

나는 깜짝 놀랐다. 무심코 자세를 바로 했다. "궁금할 뿐이에요. 그냥 편하게 연애를 즐기는 것도 중요하잖아요?"

"노." 베니코 씨는 고개를 저었다. "연애에 밀당은 필요 없다, 계산적으로 커뮤니케이션하는 것은 옳지 않다, 그런 식으로 걸려든 남자는 대단치 않다, 그냥 자연스럽게 연애를 즐기면 된다, 라는 생각을 가진 여자도 있지."

"맞아요. 바로 그거요." 내가 고개를 끄덕였다.

"그래서 당신은 팬케이크 여자인 거야."

"어째서요?" 내 목소리가 커졌다. "가치관은 다 다르잖아요."

"몇 번이라도 말해주지." 베니코 씨가 말했다. "그 휘핑크림 가득한 머리로 생각해 봐. 우선, 연애에 밀당은 필요 없다고 말하는 여자를 관찰해 봐."

"네? 왜요?"

"그 여자들은 남자가 끊이지 않는 사람들이야. 연락해서 같이 놀 남자도 있어. 새로운 남자가 대시하기도 하지. 무엇보다 남자하고 능숙하게 커뮤니케이션하는 스킬이 있어. 라인 메시지 하나 가지고 끊임없이 고민할 리도 없지. 당연히 그런 여자들한테는 밀당도 필요 없어. 그런 걸 안 해도 재밌는 연애가 가능하니까. 이해했어?"

나는 생각했다. "저는 그런 사람이 아니라는 말이에요?"

"아마도." 베니코 씨는 머리를 쓸어 올렸다. "당신 같은 팬케이크 여자가 밀당하지 않고 진정한 자신으로 승부한다면서 직진해 봤자 길가에 휘핑크림을 흩뿌리고 죽을 따름이야."

"으, 너무 끔찍해."

"나라고 연애 인지학이 절대적인 정답이라고는 믿지 않아. 당연히 사람의 매력은 다양하니까. 다만, 이 세상에는 지금 이 순간에도 연애 때문에 고민하는 사람이 있어. 나는 그런 팬케이크 아가씨에게 연애 인지학이라는 '연애 교과서'를 제공할 뿐이야. 필요하다면 말이야. 원래부터 인기 있는 여자도 있긴 하지. 하지만 우리는 방법을 배워서 사랑받는 여자가 될 수도 있어. 연애 인지학이 그 한 걸음이 되길 바랄 뿐이야."

그 말에 쿵 하고 소리가 들릴 정도로 가슴이 요동쳤다. 맞다. 창피하지만 나는 남자 앞에서 어떻게 하면 좋을지 정말 몰랐다. 항상 울고 싶을 정도로 아무것도 모른 채였다. 마음속에서는 줄곧 누군가 사랑하는 방법을 가르쳐 줘, 하고 소리치고 있었다.

"왠지." 내가 말했다. "밀당을 가르쳐 준다기보다 기본적인 교과서였네요."

"원하는 대로 사용해." 베니코 씨가 말했다.

손목시계를 보니 밤 10시가 되어 슬슬 가게 문 닫을 시간이었다. 우리는 계산을 했다. 베니코 씨는 유리가 끼워진 찻집 문을 열었다. 밤바람이 불었다.

아침에 일어나 보니 라인이 와있었다.

미안! 내일모레 휴일 말인데. 아직 비어 있으면 어때?

(이모티콘)

야나기 씨였다. 지난주에 한 데이트 신청에 답장을 하지 않았었다. 잊어버렸을 뿐이다. 그는 며칠 동안 끙끙 앓았을 지도 모른다. 예전에 내가 인기 있는 남자한테 데이트 신청 했다가 무시당했을 때처럼.

스케줄을 적은 수첩을 보았다. 데이트 연습을 해도 괜찮을 것 같았다.

약속 당일, 만나기로 한 산조 역 근처 편의점 앞으로 갔다. 은행에서 돈을 찾으려고 서둘러 갔더니, 20분도 넘게 남았는데 기다리고 있는 야나기 씨를 발견했다. 그래도 너무 빠르지 않나. 도로 맞은편을 지나쳐 가서 돈을 찾았다.

만나기로 한 4시에 도착하니, 그는 스마트폰으로 무언가를 찍고 있었다.

"뭐해?" 내가 물었다.

"아, 핫." 야나기 씨는 흠칫 뒤돌아보았다. 놀랐다고 '핫' 이라는 감탄사를 입에 올리는 사람은 처음 본 것 같다. "좋은 아침."

"벌써 오후야." 나는 웃고 말았다. "사진?"

"어. 여기 서있으니까 다양한 사람들이 지나간다 싶어

서. 봐, 가와라마치하고 가모가와강하고 산조 대교가 보이니까 뭐랄까, 교토는 역시 좋은 것 같아. 그래서 사진 찍어 두려고."

"그래."

"그런데." 그는 부끄러운 듯한 표정으로 머리를 긁적였다. "스마트폰 메모리가 다 차서 촬영이 안 된다고 뜨잖아. 급하게 필요 없는 사진 지우려던 참이야."

웃고 말았다. 그리고 오랜만에 데이트한다는 긴장감은 토스트 위에서 녹는 버터처럼 단숨에 사라졌다. 오히려 "이왕 왔으니까 사진 찍으면 좋지"라고 하자, 야나기 씨는 저장된 사진을 스스럼없이 보여주었다. 교토 수족관의 수달을 끊임없이 촬영한 알 수 없는 동영상을 지운 다음에야 부족한 메모리를 겨우 충당할 수 있었다.

고코마치 거리에 있는 복고풍 건물에 들어가자, 그는 티켓을 주었다.

마술, 팬터마임, 저글링 등 다양한 퍼포먼스가 포함된 연극인 것 같았다. 야나기 씨의 친구는 댄서로 출연했다. 마지막에 야나기 씨는 무대로 불려 올라가, 몸에서 동전이 끊임없이 쏟아져 나오는 마술을 체험했다. 무대에 막대기처럼 서있는 모습도 웃겼다.

"저기, 그런데 말이야……." 연극을 보고 나온 뒤 잠시 걷는데 야나기 씨가 말을 꺼냈다.

"혹시 시간 있으면 어디서 저녁이라도 먹을까요?"

"좋아." 나는 왜 갑자기 존댓말을 쓰는지 의아했다.

그는 고코마치 거리를 두리번거렸다. "저기, 이 근처에 좋은 가게 아는 데 있어?"

뭐야, 정하지도 않은 거야, 라는 말이 불쑥 튀어나올 뻔했다.

"그럼, 뭘 먹을지 생각한 거 있어?"

"나는 아무거나 좋아." 야나기 씨가 말했다. "미호 짱 먹고 싶은 걸로 하자."

갑자기 이름을 불러서 살짝 짜증이 났다.

먹고 싶은 거라니, 어쩌라는 말이야. 서둘러 스마트폰으로 찾아보았지만 적당한 곳이 없어서 우연히 눈에 띈 자연주의 카페에 들어갔다. 음식은 맛있었다. 하지만 앞에 앉은 야나기 씨가 가라아게 정식을 먹으면서 주차 때문에 선배에게 걷어차인 이야기를 하는데, 미리 찾아보지도 않고 뭐야, 라는 생각이 들었다. 2차는 가지 않고 헤어졌다.

집에 돌아오다가 문득 나도 데이트 준비를 하지 않았다는 사실이 떠올랐다. 내가 초대했는데. 이러다가 데라사키 씨의 마음이 식어버릴까 봐 무서워졌다.

"괜찮은 식당 아는 데 있어요?" 그날 밤, 나는 재빨리 베니코 씨에게 전화했다.

"많이 알지."

"알려 주세요."

스마트 폰 저쪽에서 베니코 씨가 요염한 숨소리를 흘렸다. 옆에서 어떤 남자가 쿡쿡 웃는 소리가 들렸다. "정말이지 못 말리는 팬케이크 여자네."

"뭐가요. 가게 좀 가르쳐달라는 것뿐인데."

"팬케이크 아가씨는 스스로 찾아본다는 생각은 못 해? 바보야?"

"그러니까 지금 베니코 씨에게 물어보잖아요."

"다른 사람한테 묻는 걸 찾아본다고 하면 안 되지. 그 야나기랑 똑같잖아. 데이트 장소를 찾는 게 얼마나 힘든 일인지 느껴보라고. 당신은 그런 수고를 지금까지 다른 사람한테 떠넘겨 온 거야."

"찾아보라니, 어떻게 하면 되는데요?"

대답 대신에 베니코 씨와 남자가 즐거운 듯 떠드는 소리가 들렸다. 내용은 알 수 없었다.

"수동적인 여자는 그것만으로도 나빠." 베니코 씨의 목소리는 진지했다. "누구라도 편하고 싶고, 즐거운 쪽에 있고 싶지. 당연하잖아. 그러니까 더욱 상대방을 즐겁게 해주는 쪽에 서야하지 않겠어? 그게 인기 있는 여자가 된다는 의미야. 수동적인 여자가 귀엽다느니 하는 건 노력하지 않는 걸 정당화하고 싶은 팬케이크 여자의 환상이야. 즐거운 일에 안테나를 세우고 다채로운 인생을 위해 스스로 액션을 취할 수 있는 여자, 이 사람이랑 있으면 무슨 일이 생길지 모른다는 두근거림을 남자한테 줄 수 있는 여자가 되라고."

"그게 데이트 플랜을 세울 때 영향을 준다는 말이에요?"

"당신이 인기 있는지 없는지도."

나는 스마트폰을 귀에 댄 채 생각에 빠졌다. 자신이 어리숙하게 느껴졌다. "죄송해요. 솔직히 무슨 말인지 모르겠어요. 수동적인 여자라느니 액션을 취하는 여자라느니. 그런 건 생각해 본 적도 없는데. 그래도 일단 데이트 장소를 직접 찾아볼게요."

"이것만은 진실이야." 몇 초간 침묵이 흐른 뒤 베니코 씨의 부드러운 목소리가 들렸다. "인생을 바꾸는 건 리액션이 아니라 액션이야."

나는 잠자코 있었다. "그런데 아까부터 무슨 목소리가 들리는데, 남자랑 있는 거죠?"

전화는 끊어졌다.

스마트폰으로 식당을 찾다 보니, 그것이 얼마나 힘든 일인지 절실하게 느껴졌다. 후보를 정하는데도 어떤 단어로 검색하면 좋을지 알 수 없었다. 프렌치, 셰프 특선 요리, 피자, 일식, 스페인 레스토랑 등 종류를 결정하는 것조차 어려웠다.

지금까지 다른 사람에게만 맡겨 놓고 나는 얼마나 편하게 있었던 걸까? 화장하고 시간 맞춰 약속 장소에 가기만 하면 상대방이 내가 모르는 멋진 장소에 데려가서 재밌게 해줄 거라고 기대기만 하던 여자였나 싶어 부끄러웠다.

장소는 어디든 상관없다는 말은 배려하는 여자처럼 보이지만, 사실은 책임지지 않으려는 팬케이크 여자의 핑계였다. 그러니 데이트 후에 라인도 무시당하는 것이다.

나는 여태껏 데이트할 수 있는 가게조차 제대로 몰랐다는 사실에 조금 안타까운 마음이 들었다.

맛집 사이트에서 별 네 개 붙은 오뎅바를 찾았어요. 분위기 끝내줘요.
차라리 겨울을 즐기는 느낌으로 나베 요리는 어때요?
SNS에서 친구가 추천한 치즈 듬뿍 햄버그스테이크 먹고 싶네요.

나는 닥치는 대로 보냈다.

이런 메시지를 튜닝 라인으로 삼아 계획 자체를 즐기기로 했다. 데라사키 씨의 얼굴을 떠올리며 가게 사진, 가는 방법, 리뷰, 영업시간 등을 취사선택해서 예산도 대충 정했다. 새로운 장소를 찾으면서 지금까지 느껴보지 못한 감정을 느꼈다. 분명히, 예전처럼 기다리기만 하던 느낌은 아니었다.

"장소는 정했어?" 프랑스풍 찻집에서 베니코 씨가 물었다.

"니시키 시장에 있는 굴 요릿집을 예약했어요. 사케 마시자고 했으니까."

"제법인데."

"그죠, 그죠? 술 좋아하는 것 같기도 하고." 내가 말했다. "내친김에 혹시 2차 갈지도 모르니까 근처에 어떤 가게가 있는지도 조사했어요. 하지만 필요 없을지 몰라서 데라사키 씨한테는 말 안 하려고요. 그런데 혹시 남자들도 지금까지 이런 수고를 하고 있었던 건가요."

"그렇겠지."

"데이트 장소는 라인하면서 생각보다 금세 정했어요."

"팬케이크 아가씨가 움직였기 때문이야." 베니코 씨는 찻잔을 손에 들고 미소 지었다. "데이트 플랜이 계속 어정쩡한 이유는 여자가 도와주지 않는다는 증거야. 남자는 말이야, 데이트하기 전부터 무의식적으로 여자를 품평해. 스스로 액션하는 여자인지 흘러가는 대로 맡겨두는 여자인지를."

"그러고 보니 어떤 장소로 데리고 가는지에 따라 남자의 등급을 매기던 친구가 있었어요. 왠지 그것도 좀 잘못된 것 같네요."

"그 여자야말로 남자가 관찰하고 있었을걸. 자기 스스로는 아무것도 하지 않는 여자라고."

"무섭네요."

"어쨌든 데이트든 뭐든 여자가 우위라는 착각을 버릴
것. 인기 있는 여자가 자연스럽게 그런 위치를 차지하는 건
괜찮아. 하지만 처음부터 그러면 곤란하지."

프랑스풍 찻집의 분위기는 여전히 차분했다. 둘 다 커피
를 마시면서 생각에 잠긴 채 시간이 흘러갔다. 나는 베니코
씨 뒤에 걸린 〈진주 귀고리를 한 소녀〉를 바라보았다.

"그런데." 베니코 씨는 두 손을 짝 부딪쳤다. "당신은 눈
치채지 못한 것 같은데 이미 주도권을 쥐고 있는 상태야.
말하자면 포지션을 잡은 거지. 첫 번째 데이트의 목적은?"

나는 생크림 색 천장을 바라보며 생각했다.

"다음 데이트로 이어가는 것."

"맞아. 그러기 위해서는 현실에서도 프랭크십을 맺어야
해. 그리고 당신의 목적을 추구한다는 말은 동시에 남자의
목적을 거부한다는 말이기도 해."

"그게 무슨 말이죠?"

"얼마나 효율적으로 침대로 끌어들일지만 생각하는 남
자도 있다는 말이야."

"침대로…." 그 말의 의미를 생각하고 몇 초 뒤, 나는 얼

굴이 뜨거워졌다. 그런 모습을 감추려고 두 손으로 커피를 마셨다. "남자는 뭐, 원래 그렇잖아요?"

"누구나 욕망은 있어. 그걸 위해 행동하지. 지극히 건전한 거야. 문제는 웃으면서 그걸 게임처럼 해치우려는 남자냐는 거지. 그런 남자한테 시간 낭비해 봤자 소용없어. 성욕에 지배당하는 남자들의 정신 구조를 바꿀 수는 없으니까."

"그런 남자도 있어요?"

"있지." 베니코 씨는 고개를 끄덕였다. "분명히 존재해."

"정말로요?"

"믿을 수 없을 만큼 엄청 많고, 어떤 남자라도 조건만 갖춰지면 그렇게 돼. 알겠어? 이 세상에는 젠틀맨만 있는 게 아니야. 조커 같은 남자도 있다는 사실을 잊지 마."

반듯하게 그린 강렬한 눈썹, 진한 아이 메이크업. 그 표정은 어느 때보다 엄격했다.

"뭐, 그 데라사키라는 남자는 괜찮을 것 같지만 말이야." 베니코 씨가 덧붙였다. 내가 불안해했기 때문인지도 모른다. "그래서 약속 장소는?"

"7시에 시조키야 거리에 있는 햄버거 가게 앞이에요. 이 근처네요."

베니코 씨는 목제로 된 의자 팔걸이에 팔꿈치를 기대고 둥글게 만 앞머리를 만지작거렸다.

"당신은 몇 시에 갈 생각이야?"

"초대한 사람이 기다리게 하면 미안하니까 5분 정도 일찍 가서 기다릴까 생각중인데요."

"사회인으로서는 정답이지만 사랑을 실험하는 사람으로서는 오답이야. 그렇게 충견처럼 기다리면 안 되지. 차라리 지각해. 데이트할 때는 남자보다 늦게 도착하는 법이야."

"네? 싫어하지 않을까요?"

"노." 베니코 씨는 고개를 저었다. "그리고 여유부릴 틈 없어. 그 밖에도 작전을 세워야 할 일이 산더미처럼 많으니까. 데이트는 사전에 얼마나 계략을 짜느냐에 달려있어."

"계략이요? 모처럼 데이트하는데 그냥 즐겁게 보내면 안 되는 거예요?"

"이러니 당신은 팬케이크 여자야."

"아, 또 야단맞았네."

"당신은 실실 웃으면서 아무 계획 없이 약속 장소에 가서, 이도 저도 아닌 얘기나 하며 남자의 마음을 사로잡을 만큼 멋진 여자야? 그래서 성공한 적 있었어?"

"아니, 그게." 나는 웃었다. "타이밍도 있고, 상황마다 다르잖아요?"

"속 편한 소리로 얼버무리는 게 딱 팬케이크 여자네. 당신이 인기 없는 여자였을 뿐이지. 연애는 달콤한 전쟁이야. 싸움은 상대방이 상상하는 것보다 훨씬 전부터 시작된다고. 준비한 만큼 승리할 자격이 있어. 전쟁에서 이기는 가장 좋은 방법은 상대방이 시작됐다고 생각할 때 끝내는 것. 좀 더 냉정하게 생각하자고."

이렇게 해서 나는 계략을 짜기로 했다.

우선 약속한 햄버거 가게 앞에서 어떤 식으로 만날 것인가? 예약한 식당까지는 어떤 루트로 갈 것인가? 식당은 니시키 시장에 있으니까 가볍게 산책해도 좋을 것이다. 가게에서는 무슨 대화를 할까? 카운터 자리? 테이블 자리? 먹고 난 뒤에 시간이 있으면?

상상만 해도 얼굴이 달아올랐다. 손가락도 떨렸다.

생각해 보니 갑자기 약속 장소에 나가는 것도 무섭다. 맞다. 데이트다. 이것은 데이트다. 그렇게 생각하니 진정이 되지 않았다.

흥분된 마음은 일상생활에도 스며들었다. 어쩐지 에너지가 넘쳤다. 한밤중에 갑자기 청소를 하고 싶기도 하고, 아침에는 스마트폰 알람이 울리기 전에 눈을 떴다. 산조 역 플랫폼에서 표를 떨어뜨린 할머니에게 달려가 도와주기도 했다. 일상적인 업무와 옥션 준비도 척척 해치우고, 퇴근하는 길에 슈퍼에 들러서 채소와 돼지고기를 샀다. 우편함에 쌓인 전단지를 버렸다. 요리 레시피를 따라 돼지고기를 넣은 일품 된장국과 시금치 둥지 달걀 요리를 만들었다. 그리고 탁자 앞에 앉아 볼록해진 배를 두드리며 "나는 주말에 데이트하는 여자야"라고 소리 내어 말해 보았다. 옆집에 들리지 않았을지 바로 부끄러워졌다.

데이트 전날, 가랑눈처럼 미세한 먼지가 얇게 쌓인 전신 거울을 닦았다. 바닥에 코트와 셔츠와 스웨터를 늘어놓고 패션쇼를 했다. 남색 터틀넥 스웨터, 플레어 스타일 스커트, 자연스럽게 떨어지는 셔츠 원피스 따위를 몸에 대보고 있자니 저절로 헤실헤실 웃음이 나왔다. 이런 설렘은 오랜만이었다.

그날 밤, 데라사키 씨에게 홀드 라인을 보냈다. 짧은 문장을 획 보내 만날 시간과 장소를 확인하는 정도.

그런 다음 *기대되는데* 라는 데라사키 씨의 메시지에는 무료 이모티콘으로 답했다. 답장이 오든 말든 상관없다는 느낌으로. 나는 데이트 정도는 매주 해치우는 인기 있는 여자니까.

샤워를 하고 나서 스킨과 로션을 꼼꼼히 발랐다. 하지만 잠자리에 들어도 좀처럼 잠이 오지 않았다. 어두운 천장을 올려다보며 무심코 이런저런 상상을 하고 만다. 머리맡 스마트폰을 보니 벌써 2시간이나 지났다. 나도 참 소풍 전날 초등학생 같다고 생각했다.

괜찮아. 아무 일 없어. 연애 인지학을 내 것으로 만들었으니까.

그 순간, 스마트폰이 빛났다.

이 타이밍이라면 분명 데라사키 씨다. 그렇게 인기 있는 여자의 마인드 어쩌고 했으면서 팬케이크 여자 그 자체가 되어 침대에서 잽싸게 구르듯 내려가서 충전기에 꽂아둔 스마트폰을 보았다. 한밤중에 곧바로 읽음이 붙는 것도 볼썽사나우니까 스마트폰 기능을 적극 활용해서 읽음 표시 없이 내용을 들여다보았다.

미호 짱. 지난번에는 고마웠어. (이모티콘) 친구도 와줘서
고맙다고 하더라. 저기, 혹시 시간 있으면 말인데, 교토
시 미술관에서 알폰스 무하(이모티콘) 전시(이모티콘)(이모
티콘)를 하는 것 같은데 나중에 같이 가지 않겠어요?

야나기 씨였다.

조금도 설레지 않았다. 굳이 저자세로 나오는 느낌이 꼭
피시가 보내는 라인 그 자체다. 연애에 익숙하지 않은 건
그렇다 치고 "나는 인기 없는 남자입니다"라고 주장하는
느낌. 그런 식으로 말하지 않아도 될 텐데. 여자로서는 마
음을 줘도 될지 확신이 안 선다.

어두운 방 안에서 불빛 속 문장을 냉정하게 바라보는 자
신이 있었다. 그런데 이 메시지, 어디선가 본 적이 있는 것
같아.

몇 초 뒤에 깨달았다.

그렇다. 얼마 전까지 내가 남자에게 보내던 것과 비슷하
다. 어떻게 대하면 좋을지 모르면서도 행복해지고 싶어서
기회가 보이면 필사적이었다. 그런 밤이면 마치 복권을 사
는 기분으로 어떻게든 되겠지 하며 온 마음을 다해 보내던
바로 그 메시지다.

내용을 보면 볼수록 마음이 복잡해졌다. 야나기 씨도 간신히 용기를 짜냈을 것이다.

하지만, 지금 답장할 마음은 없었다. 졸린 건 졸린 거니까. 덕분에 데라사키 씨에 대한 싱숭생숭한 마음도 떨쳐낼 수 있었다. 다시 침대로 파고들었다.

남자한테 온 데이트 신청을 내버려두고 자다니. 왠지 인기 있는 여자 같잖아. 여자로서의 그런 쾌감에 흠뻑 취해 무심코 웃음을 흘리는 중에 잠이 들어버렸다. 기억나지 않지만 좋은 꿈을 꾼 듯했다.

제6장

여자는 남자의 페이스에
끌려가면 안 돼

다음 날 저녁 7시 3분, 시조키야 거리의 햄버거 가게로 향했다. 노란색 감자 같은 알파벳을 등지고 회색 코트 주머니에 손을 넣고 있는 데라사키 씨의 모습이 보였다.

　그 순간, 정신이 아득해졌다. 지각한 팬케이크 여자를 용서해 주세요, 하며 엎드려서 늦은 일에 대해 실컷 사과하고 싶었다. 그러나 나는 표정을 가다듬고 저자세로 나가는 것은 그만두기로 했다. 나는 사랑받는 여자가 될 거니까.

　"늦었어요." 나는 가볍게 인사했다.

　"아, 왔어?" 데라사키 씨는 자세를 바로 하며 돌아보았다. "꽤 춥네."

　이것이 '지각 스킬'이었다. 기다리다 보면 상대방을 생각할 수밖에 없다. 그동안 그 상대방에게 주도권을 건네주는 셈이다. 이것이 포지션이 된다.

　물론 실례가 될 것 같으면 사용하지 않아도 된다. 지각은 몇 분을 넘기지 않도록 하고, 사과하는 것도 잊지 않는다.

이때 사과가 지나쳐서도 안 된다. 오늘은 타이거인 데라사키 씨가 상대니까 좋은 포지션을 차지하기 위해서 이 방법을 사용했다.

"오랜만이에요." 나는 얼굴이 달아오르려는 것을 겨우 참고 아이 콘택트를 시도하며 준비한 대사를 했다. 이런 흐름은 예상했다. "오늘은 뭐 하셨어요?"

"낮에? 온라인 회의하고, 또 코인 빨래방 왔다 갔다 했지."

"아, 아직 세탁기 수리하러 안 왔나 봐요?"

"그렇다니까, 주말밖에 시간 없는데." 데라사키 씨가 말했다. 생활감이 묻어나는 주제인데도 데라사키 씨는 그런 느낌을 주지 않는 분위기가 있었다. "진짜 귀찮아."

만날 때는 라인으로 만들어진 프랭크십을 이용해서 바로 잡담부터 시작한다. 격식을 차릴 필요는 없다. 만난 순간의 거리감이 기준이 되니까. 일단 그대로 돌진한다. 이것이 관계의 '첫걸음 스킬'이었다.

긴장할 것 같으면 어떻게 말을 걸지 세 마디 정도 생각해 둘 것. 시간은 충분하니까. 베니코 씨가 그렇게 가르쳐 주었다.

심장이 빠르게 뛰었다. 꼼꼼하게 화장한 얼굴은 긴장으로 굳어지고 목소리도 들떠 있었다. 그러나 오늘을 위해 얼마나 노력했는지를 생각하면 이번만은 반드시 버텨내야 했다.

"그런데." 데라사키 씨가 내 얼굴을 빤히 보았다. 미끈한 콧날, 한껏 능력 있어 보이는 정돈된 헤어스타일, 또렷한 쌍꺼풀. "뭐지? 라인해서 그런가? 오랜만 같지 않네."

나는 부끄러워서 아이 콘택트를 하지 못했다. "아, 그럴지도 모르겠어요."

니시키 시장에 있는 가게들은 6시가 지날 무렵이면 문을 닫기 시작한다. 그렇지만 관광객이나 교토 시민의 발걸음이 끊이지 않는다. 호스로 물을 뿌린 포석을 따라 상점들이 늘어서 있고, 교토풍 맛국물로 조린 어묵이나 나베 요리 등의 메뉴가 즐비하다. 규모가 작은 식당이나 레스토랑이 저마다 빛을 발한다.

인파 속을 누비며 나아갔다. 둘 다 이곳은 오랜만이라서 "저기 있던 이탈리안 레스토랑은 없어졌나 봐요?" "여기서 개그맨이 촬영했어요"라며 이야기를 나누었다.

교토 명물 쇼고인 순무를 시식하는 절임 식품 가게 앞을

지나가는데, 태블릿을 들여다보고 있던 외국인 관광객이 말을 걸었다. 내가 허둥대자 데라사키 씨가 슬쩍 나서서 영어로 길을 안내해 주었다.

"대단하시네요"라는 말에 "대충하는 거야"라고 대답한다. 얼마나 잘나가는 능력남인가 싶어 가슴속에서 두근대는 심장 소리가 심야의 사이렌 소리처럼 울려댔다.

그 순간, 데라사키 씨의 손가락이 스쳤다.

심장이 개구리처럼 튀어나오는 줄 알았다. 그 손을 잡고 싶은 마음을 억눌렀다. 아무렇지 않은 얼굴로 "학교 다닐 때 여기서 재료를 사서 나베 요리를 했던 적이 있었어요. 슈퍼마켓보다 돈이 더 들었지만" 하고 이야기를 이어갔다.

굴 요릿집에서는 예약한 대로 카운터 자리에 앉았다. 데이트할 때는 얼굴을 마주 보는 테이블보다 나란히 앉는 카운터 자리가 좋다. 서로 시선을 마주치지 않으면서 편안히 즐길 수 있으니까. 몸도 가까워진다. 상대방의 귀, 아니 마음속에 목소리가 닿기 쉽다.

우리는 얼굴을 가까이하고 메뉴를 보았다.

"이 가게, 전에 지나친 적은 있었는데 처음이네."

"그렇죠." 나는 데라사키 씨의 숨결을 느끼고 가슴이 설렜다. 슬며시 꽃미남의 향기를 맡은 건 비밀이다. "이번 기회에 와 보고 싶었어요."

"오, 도전 정신."

"맞아요, 도전." 나는 웃었다. "그러지 않으면 인생을 즐길 수 없다고 전에 어떤 선배가 가르쳐 줬거든요. 완전 가차 없어요."

"엄격한 모양이네. 직장 선배?"

"아니, 그게." 나는 초조했다. "뭐, 비슷해요."

"중요한 얘기지. 일할 때도 말만 하고 안 하는 사람이 많으니까. 위험을 감당하지 않으려는 사람이 많아. 그런데 나도 귀찮아서 맨날 똑같은 가게만 간다니까. 반성했어. 미호 짱, 의외로 할 땐 하네."

"의외라니, 어쩐지 디스하는 것 같은데요?" 속으로는 콩닥콩닥 어쩔 줄 몰랐다.

"칭찬하는 거야." 데라사키 씨가 웃었다.

"와, 진짜요? 성공인가요?" 내 목소리는 한 옥타브 높아졌다. 그러다가 퍼뜩 냉정을 되찾았다. "아니, 그러려고 신경 쓸 뿐이에요."

그때 "주문하시겠어요?" 하고 갈색으로 머리를 염색한 점원이 다가왔다. 우리는 얼굴을 마주 보았다. 그런 다음 데라사키 씨는 "죄송합니다. 아직 못 정했어요"라고 말했다. 우리는 함께 웃었다. 크게 웃지는 않았지만 기분 좋은 웃음이었다.

"안 되겠네. 너무 얘기에 빠져들었어." 데라사키 씨는 물수건을 김밥처럼 꼼꼼하게 말았다. "일단 마실 것부터 정할까."

"그래요." 나는 힘껏 고개를 끄덕였다. "아참, 여기 온 목적은 사케잖아요. 제가 맛집 사이트에서 사케 서비스 쿠폰을 프린트해 왔는데."

나는 가방에서 두 번 접은 A4 용지를 꺼냈다. 데라사키 씨는 음료 메뉴에 손가락을 올린 채 잠시 멍한 표정이었다. 3초 후, 그는 소리를 내며 웃었다.

"미호 쨩, 엄청 용의주도하네."

"아니, 그게…." 나는 너무 창피한 짓을 했나 싶었다. 까닭을 몰라 무심코 입에서 나오는 대로 말했다. "주문할 때 내지 않으면 못 쓰거든요."

"그 말이 아니잖아." 데라사키 씨는 또 웃었다. 웃음소리가 잦아든 후에 물을 마시고 컵을 내려놓았다. "아니,

최고야."

"네? 뭐가···."

"미호 쌍, 최고라고. 오랜만에 만나서 의외로 야무지다 싶었는데 붙임성도 엄청 좋네. 라인할 때도 느꼈지만 왠지 말하기 편해."

"그런가요?" 나는 바보처럼 웃음이 나왔다. 역시 카운터 자리로 하길 잘했다고 생각했다.

"나 여사친이 좀 있는 편인데. 아무래도 전부 신경이 쓰인다고 할지, 이렇게 편하게 라인하거나 얘기할 수 있는 애는 별로 없거든."

귓가에서 그 말을 듣는 순간, 뿌뿌 하고 트럼펫을 부는 곱슬머리 천사를 따라 하늘로 올라가는 줄 알았다.

여자든 남자든 마음은 비슷한 모양이다. 대체로 이성이라는 사실만으로 신경을 쓰게 된다. 그래서 더욱 우리는 진심으로 편하게 이야기할 수 있는 이성을 찾는 것이다. 사소한 일로 웃고, 이성적인 호감을 주고받으며 시시한 질문을 던지는 관계를.

프랜드십이라고 말하는 그런 관계를 쌓는다면 상대방에게 소중한 존재가 될 수 있겠지. 운명이라고 느낄지도 모른다. 그럼, 이제 데이트에서 프랭크십을 맺으려면 어떻게 해야 할까?

그것은 연애 인지학이 가르쳐 줄 것이다.

사케를 한 모금 마시고 잔을 내려놓은 뒤 자리에서 일어났다. 화장실에 들어가 앉아서 스마트폰 메모장을 열었다. 데이트할 때 명심해야 할 연애 인지학 스킬을 확인했다.

첫째 줄은 '관계성은 대화의 내용으로 결정된다'이다.

즐거운 관계는 즐거운 이야기를 나눌 때 만들어진다. 즉, 관계성을 바꾸고 싶을 때는 대화 내용을 바꿔야 한다.

그리고 연애 인지학에서는 데이트의 대화를 네 가지로 분류한다. 순서대로 해치우면 연애를 성공으로 이끌 수 있다. 변기 위에서 고개를 끄덕였다. 하나씩 실천해 주마.

① 라이트 토크 스킬

자리로 돌아와 잠시 기다리자, 테이블 위에 굴 요리가 차려졌다. 고소한 향을 품은 육즙이 껍질 속에서 모락모락 김을 피워 올렸다. 교토의 풍취가 가득한 '고도(古都)'라는 사케를 마시면서 대화를 나누었다.

"이 굴 진짜 맛있을 거 같죠?" 내가 말했다. "향이 끝내주네요."

"아, 기대된다. 이거 분명히 사케하고 딱이야."

"정말 사케하고 꿀조합 느낌이에요."

"그러게." 데라사키 씨는 내 앞에 앞 접시를 놓아주었다.

"가게 분위기도 좋고 최고예요." 나는 식당 안을 둘러보았다. 덩달아 데라사키 씨도 둘러본다. "바로 레몬 짜도 괜찮아요?"

"아, 부탁해." 데라사키 씨는 고개를 끄덕였다. "배려심 있네."

"레몬 마음대로 뿌리면 싫어하는 사람도 있더라고요. 회식하다 보면 신경 쓰게 돼서. 그렇다고 안 뿌리면 센스 없다고 하고."

"아, 회식할 때 꼭 그런 사람 있어."

"데라사키 씨도 화내는 타입 아니에요?"

"내가 왜." 데라사키 씨가 웃었다. "나는 맛있게만 먹을 수 있으면 다 좋아."

이것은 '주변 소재를 화제로 삼기'라는 스킬이다. 가게 인테리어나 점원에 대한 이야깃거리를 찾기도 하고, 음식이나 잔의 디자인을 칭찬하기도 하고, 서로의 옷이나 스마트폰 색에 대해 질문하기도 한다. 그 자리에서 눈에 띄는 것을 하나씩 화제로 삼는다.

인간은 본능적으로 '없는 것'이 아니라 '있는 것'에 반응하기 쉽다고 한다. 동물의 세계에서는 보이는 대상에 반응하는 것이 생사를 좌우하기 때문이다. 그런 습성을 이용해서 데이트에 집중하게 만든다. 바꿔 말하면, 개인적인 신상이나 가치관에 관한 이야기를 피하는 셈이다.

물론 만날 때부터 의식하고 있었다. 날씨 이야기를 하고 특이한 간판이나 지나가는 사람들에 대해 이러쿵저러쿵 떠들었다. 상대방의 말에 맞장구를 치고 적절한 타이밍에 질문을 던지며 궁금한 점이나 감상을 말하기도 했다. 만난 장소에서부터 1차 때까지 사용하는 것이 베스트.

"저 갈색 머리 점원, 일 잘하네요. 아르바이트 대학생인가?"

"그런 것 같네." 데라사키 씨는 고개를 끄덕였다. "쟤, 컵을 놓을 때 말이야. 테이블하고 사이에 새끼손가락을 끼워서 놓더라. 소리 안 나게. 제법이라고 생각했지."

"관찰력 대단하시네요."

"바에서 일했었거든. 그렇게 대단한 데는 아닌데, 거기 사장이 진짜 얼렁뚱땅해서 가게 매상보다 손님 꼬시느라 바빴어. 칵테일 만드는 것도 제대로 안 가르쳐 주고. 그래서 거의 유튜브로 배웠지."

"역시 유튜버잖아요."

"그렇게 연결되나." 데라사키 씨가 웃었다.

처음부터 '라이트 토크 스킬' 덕분에 화제가 떨어질 일은 없었다. 무슨 이야기를 하면 좋을지 대략적인 틀을 알고 있어서 다행이었다.

할 말이 막히면 가게 안이나 데라사키 씨에 대해 눈에 띄는 대로 느낀 점을 말했다. 아무튼 "이렇게 보여요" 하고 이야기할 뿐이다.

가족이나 친구하고 있을 때 아무리 이야기를 해도 끝이 없는 것과 마찬가지다. 자신이 그런 분위기를 만들 수 있느냐가 중요할 뿐이었다.

여기서는 이성을 지나치게 의식하지 않는 것이 포인트. 그래야 편안한 분위기가 만들어진다. 남자를 일일이 특별 취급하지 않는 인기 있는 여자라고 믿게 한다. 이것이 '성별 무시 스킬'이었다. 남자 형제가 있는 여자가 인기 있는 이유는 그런 마인드가 몸에 배어 있기 때문이다.

굴 요리와 사케가 나올 때마다 서로 감상을 나누었다. 가게 분위기도 있고, 설레는 남자와 있으면 누구나 그렇듯이 자연스럽게 웃음이 새어 나왔다. 옆을 볼 때마다 데라사키 씨의 얼굴이 있어서 몹시 기뻤다. 어떤 표정을 보아도 질리지 않고, 어쨌든 들키지 않도록 몰래 바라볼 정도였다. 뒤쪽에서 마시는 여자들이 데라사키 씨를 흘끔흘끔 보는 것도 솔직히 우월감을 느끼게 했다.

하지만 이것만으로는 안 된다.

사랑받는 여자라면 이 정도로 만족할 수 없다. 남자의 마음을 또 놓치고 만다. 이대로 헤어지면 라인을 해도 답장이 없을지도 모른다. 즐거운 데이트 다음에 연락이 끊어지는 일은 흔한 일이니까.

나는 머릿속에서 스마트폰 메모장을 스크롤했다.

거기에는 '첫 번째 데이트의 목적은 다음 데이트로 이어가는 것'이라고 쓰여 있었다.

나는 작게 고개를 끄덕였다. 중요한 고비였다. 남자의 마음을 손에 넣고 싶은 여자라면 첫 데이트에서 반드시 화제로 올려야 할 주제가 있다. 다음 데이트 약속은 얼마나 즐거웠느냐가 아니라 얼마나 마음을 흔들었는지에 달려있다.

② 딥 토크 스킬

시간이 지남에 따라 좀 더 친밀한 대화로 나아갔다.

대답하기 좋은 잡담에서 상대방의 인생관을 드러내는 속 깊은 이야기로 유도한다. 둘 사이의 거리를 좁히는 것이다.

바꿔 말하면, 가까워지고 싶지 않을 때는 굳이 라이트 토크에서 더 나아가지 않음으로써 "신나게 얘기했는데 별로 친해지지는 않았네"라는 사무적인 분위기도 만들 수 있다.

장래 계획이나 은밀한 취미, 인생을 바꾼 만남 등 말할 주제가 자연스럽게 떠오른다면 가장 좋지만, 나는 미리 준비를 해두었다.

"이 세상 누구든지 원하는 사람하고 마실 수 있다면 누구로 하실래요?"

"전화 걸기 전에 머릿속으로 미리 연습해요? 왜요?"

"최고의 주말은 어떤 느낌이에요?"

"마지막으로 사람들 앞에서 운 건 언제예요? 그리고 혼자서 울었을 때는?"

이것은 '킬러 질문'이라는 스킬이다.

미국 심리학자가 고안한 '한 시간 만에 관계가 깊어지는 질문'을 바탕으로 한다. 이 질문은 솔직해지지 않으면 대답할 수 없다. 그래서 더욱 상대방을 이해할 수 있고 이해받았다고 느끼게 할 수 있다. 관계성을 다지려면 좀 더 친밀한 대화를 나눠야 하고, 그것은 바로 깊이 있는 질문으로 가능하다.

나는 대학 때의 도예 체험을 킬러 질문으로 연결했다. 어느 정도 관련이 있다면 불쑥 질문해도 괜찮다. "가장 소중한 추억은 뭐예요?"

"소중한 추억? 어려운 얘긴데"라며 데라사키 씨는 잔을 든 손을 멈췄다. 마음속 이야기에 귀를 기울이는 느낌이었다. "아, 그리고 보니 여름방학인가. 엄마가 시마네현 출신이야. 그래서 어렸을 때는 여름방학 때마다 외할머니 집에 놀러 갔었어."

"좋았겠다."

"맞아." 데라사키 씨는 그리운 표정이었다. "매일 땀범벅이 돼서 근처에 사는 애들이랑 놀았거든. 뒷산에 올라가거나 처음으로 게임기도 해보고, 어묵을 미끼로 가재를 잡기도 했고. 그런 용수로가 있었거든. 이렇게 실에 꿰어서 몇 시간이고 늘어뜨리는 거지. 미끼에 걸려들라고 여러 가지로 궁리했었어. 그러고는 해가 질 때까지 물속을 들여다보는 거야. 어떻게 스마트폰도 없이 그렇게 시간 가는 줄도 모르고 놀았을까?"

"애들은 진짜 그래요. 신기해."

"이런 얘기 재미없지?"

"아니에요." 나는 고개를 저었다. "정말 소중한 시간이었을 거라고 생각하는데요. 나는 가재를 잡아본 적도 없어서 부러울 따름이에요."

나는 이야기에 관심을 기울이며 당신의 모든 것을 존중합니다, 라는 메시지를 보냈다.

"여름방학이라…." 데라사키 씨는 고개를 들었다. "물어보지 않았으면 잊고 있었을 거야. 아, 오랜만에 기분 좋은 추억을 떠올린 것 같아. 몇 년이나 그런 일은 생각해 본 적 없었는데. 그래, 그게 나한테는 소중한 추억이었네."

"왠지." 나는 말을 꺼냈다. 자신도 그런 말이 나올 줄은 몰랐다. "데라사키 씨는 도쿄에서 태어났는데 어쩐지 교토 분위기도 있잖아요. 직장을 교토로 잡았을 정도니까. 그 시골 풍경이 마음속에 남아있었는지도 모르죠. 가끔 자전거 여행을 하고 싶은 것도 그렇고. 아, 동영상 편집도 잘하니까 그런 장인 기질도 어쩌면 가재 잡기부터 시작된 거 아닐까요."

그러자 데라사키 씨는 뜻밖이라는 표정을 지었다.

그런 다음 "그런가? 그런 생각은 해본 적 없는데"라며 왠지 기쁜 듯했다. 아직 잘 모르겠지만 이런 것이 상대방을 이해하는 일이라고 느껴졌다.

문득 뒤를 돌아보니 여자들이 앉아 있던 자리는 중년 부부로 바뀌어 있었다. BGM으로 흘러나오는 곡이 부드럽게 느껴지고 우리 주위에서만 가만히 시간이 흐르는 듯했다.

③ 러브 토크 스킬

지금이다.

연애 인지학의 필살기. 말을 꺼내기 전에 일단 속으로 연습했다. 첫 데이트에서 꼭 해야 한다고 귀에 못이 박히도록 들었던 '러브 토크 스킬'이었다.

"저기." 나는 부끄러워서 사케를 한 모금 마셨다. "첫사랑은 언제예요?"

"첫사랑?" 데라사키 씨가 웃었다. "갑자기 훅 들어오네."

"아니, 그냥 궁금해져서요. 옛날얘기 듣다 보니까. 유치원 때 뭐 그런 거 말고 처음으로 어른스러운 사랑을 한 때요. 정말 순수하게 좋아한 사람 있잖아요. 순애보 같은?"

"아, 그런 거." 데라사키 씨는 고개를 끄덕였다. 그런 다음 벽에 붙은 메뉴를 보았다. 오늘의 메뉴밖에 보이지 않지만 마치 그쪽에 기억이 있기라도 한 듯. "고등학교 때려나. 축구부였는데 매니저하고 사귀었어."

"청춘 드라마 같네요."

"아, 그런데 다른 학교 매니저였으니까 좀 힘들었어. 원정 시합에 갔다가 고백받고 한번 사귀어볼까 했지."

"뭐예요, 그게." 나는 슬쩍 끼어들었다. 역시 타이거다웠다.

"처음에는 그쪽이 적극적이었는데 그러다가 나도 좋아졌어." 데라사키 씨는 머리를 긁적였다. "헤어질 때쯤에는 진짜 좋아했는데."

"어? 무슨 일이 있었어요?" 나는 질문한 사람이 아니라 어느새 구경꾼이 되어있었다.

"평범한 얘기야." 데라사키 씨가 말했다. "둘 다 입시생이어서 항상 여자 친구네 근처 도서관에서 같이 공부했었어. 그리고 어쩌다 지망하는 학교 얘기가 나왔는데 완전히 다른 학교잖아. 걔는 규슈, 나는 도쿄."

"그래서?"

"그걸로 끝."

"네? 그걸로 끝?"

"각자 학교 진학한 다음에는 만나지 않았으니까."

"그래도 원거리 연애도 안 하고요?"

"그치." 데라사키 씨는 웃었다. "그런데 얼마 전에 SNS에서 결혼사진이 돌았거든. 한 방 먹은 기분. 위스키 병째 마셨다니까."

"와, SNS 하다 보면 진짜 흔해요. 완전 충격 먹는 일."

"뭔지 알지? 그때 주말에 자전거로 비와호를 한 바퀴 돌았어. 여관 같은 데서 처음 본 아저씨한테 그 얘길 했더니 등을 두드려주더라. 매실주를 얻어먹고 어째선지 5천 엔까지 받았다니까. 그 돈 아직도 그대로 지갑에 있어."

데라사키 씨는 지갑에서 구깃구깃한 오천 엔 지폐를 꺼내 테이블에 올려놓고 이야기를 계속했다. 아마 가볍게 마시는 자리에서 이도 저도 아닌 이야기를 하면서는 들을 수 없었을 것이다. 데라사키 씨의 마음속 소중한 부분에 닿은 기분이었다.

"그게 가장 순수한 사랑이었어요?"

데라사키 씨는 테이블에 있는 오천 엔 지폐를 손으로 집었다. "또 있을 것 같아?"

"나이가 몇 살이든 연애는 어렵네요." 나는 고개를 끄덕였다. "어떨 때 좋아하는 마음이 생겨요? 그러니까, 아, 나이 사람 좋아하나 보다, 라고 느끼는 순간이요."

나는 사랑 이야기를 계속했다. 여러 각도에서 다양한 질문을 했다. 첫 데이트에서는 사랑 이야기를 마음껏 할 것. 그것이 연애 인지학의 러브 토크 스킬이니까.

"사랑 얘기?" 프랑스풍 찻집에서 그 말을 처음 들었을 때 나는 도저히 이해가 안 됐다.

"그런 얘기 부끄럽잖아요."

"그게 여자들 대부분이 하는 실수야." 베니코 씨는 집게손가락을 세웠다. "알겠어? 데이트할 때야말로 사랑 얘기를 할 때인 거야. 당신 같은 팬케이크 여자는 애초에 어떻게 하면 좋을지 모르기도 하고, 괜히 부끄러운데다 상대방이 싫어할까 봐 사랑 얘기는 손톱만큼도 안 꺼내고 첫 데이트를 끝내버리지."

"으으, 왠지 찔려요." 내가 말했다. "그냥 재밌었다, 하고 끝나는 느낌인데."

"그래." 베니코 씨는 찻잔을 내려놓았다. "바꿔 말하면, 인기 있는 여자는 자연스럽게 남자랑 사랑 얘기를 할 수 있는 사람이지. 그런 얘기도 안 하면서 그저 데이트하다 보면 남자가 자기한테 반하고, 라인을 주고받고, 세 번째 데이트에서 고백받을 거라고 기대하는 팬케이크 여자가 걱정이야."

나는 불쑥 화가 났다. "아니, 도대체 왜 사랑 얘기가 필요해요?"

베니코 씨는 집게손가락을 볼에 대며 오동통한 다리를 바꿔 꼬았다. 일 못하는 부하에게 어떻게 이해시킬지 고민하는 커리어우먼 같았다.

"있잖아, 레몬은 무슨 색이야?"

"네?" 나는 멍하니 입을 벌렸다. "레몬?"

"어쨌든 색이나 크기, 그리고 레몬을 잘라서 입에 넣는 장면을 상상해 봐."

나는 상상해 보았다. 머릿속에서 레몬을 반으로 잘랐다. 한 알 한 알 수분을 머금은 주황색 알맹이를 입속에 넣고 씹어보니 산미가 퍼졌다.

"시큼한 맛이 나는 것 같아요." 나는 입을 오므렸다. "침이 고였어요."

"레몬이 없는데도 말이야." 베니코 씨는 싱긋 웃었다. "이건 인간의 뇌가 상상과 현실을 구분하지 못하기 때문에 생기는 현상이야. 그러니까 사랑 얘기를 하면 남자의 뇌는?"

"네?" 나는 10초 정도 생각했다. "사랑하고 싶어진다는 얘기예요?"

"엑설런트. 바로 그거야." 베니코 씨는 오른손을 권총 모양으로 만들었다. "뇌의 연애 회로에 불을 붙이는 거지."

"와, 이거 진짜 대단한데요?"

"러브 토크 스킬." 베니코 씨는 손으로 만든 총구에 입으로 바람을 불었다. "딥 토크 스킬만으로는 '뭐든지 얘기할 수 있는 친구 포지션'에서 빠져나오지 못해. 이성이라는 느낌을 주려면 반드시 사랑 얘기가 필요하지. 그러니까, 친구 포지션에서 벗어나지 못하는 여자는 사랑 얘기가 부족하다는 말이야. 하지만 어디까지나 첫사랑처럼 순수한 사랑 얘기를 할 것. 잘못해서 성적인 얘기로 흘러가면 안 돼. 물론 빼놓고 얘기하기 힘들겠지만."

"어째서요?"

"성욕에 불이 붙으니까." 베니코 씨는 오른손 손바닥을 위로 향했다. 손가락을 흔들흔들하며 불꽃을 표현하는 것 같았다. "남자의 뇌에는 연애 옆에 성욕의 문이 있어. 그렇게 되면 연애보다는 유흥의 스위치를 누르는 꼴이야. 행복한 연애로 가기 힘들어. 그게 남자와 여자가 아주 다른 부분이지. 비참한 연애를 피하는 것도 연애 인지학이야."

데라사키 씨와 사랑에 관한 이야기를 했다. 아무래도 쉽지는 않았다. 너무 부끄러워서 얼굴이 불에 댄 것처럼 뜨거웠다. 그러나 사랑 이야기는 상대방을 이해하려는 노력이니 전혀 싫어할 필요가 없다는 사실을 금세 깨달았다.

남자하고 이렇게까지 진지한 이야기를 한 적이 있었을까. 연애관에 대해 이야기를 나누며 데라사키 씨의 인생을 조금은 알 수 있었다.

여기서 러브 토크 스킬의 가장 중요한 포인트에도 주의를 기울였다.

사랑 이야기를 하며 '서로를 이성으로서 어떻게 느끼는지'에 관한 화제를 꺼낼 것. 연애 분위기가 반드시 자신을 향하도록 해야 한다. 그렇지 않으면 옛날에 있었던 일이나 불평만 듣다가 "아, 후련하다"라는 말로 끝날 수도 있기 때문이다.

우리는 이성의 어떤 행동에 끌리는지 이야기했다. "잔을 들었을 때 손등 같은 것도 좋아요. 뼈가 불거진 느낌이라든지. 여자한테는 없는 거니까요."

"여자들은 남자 핏줄을 좋아한다니까."

"잠깐 잔 좀 들어 보세요."

데라사키 씨는 웃으면서 잔을 손에 들었다. 사케를 가볍게 흔들었다.

"아, 너무 좋아." 나는 용기 내서 말했다. "살짝 심쿵했어요."

좋아하는 행동을 하도록 해서 심쿵했다고 말하는 '심쿵 스킬'이었다.

상대방은 이쪽이 만든 분위기에 맞춰 반응한다. 아이 취급하면 아이처럼 어리광 부리고, 연상으로 대우하면 연상처럼 듬직하게 변하듯이.

따라서 자신을 여자로 의식하고 대해 주길 바란다면 상대방을 남자로 취급하는 언어를 사용해야 한다. 당신을 좋아합니다, 라고 고백하지는 않아도 이성으로 받아들인다는 절묘한 밸런스를 유지하는 느낌으로.

이런 대사를 펑펑 터트리는 사람을 연애에 능숙하다고 할 것이다. 나는 쓸 만한 내용을 메모해 두었다.

"아, 슈트발 최고."

"당연히 멋있다고 생각하는데요."

"손등에 불거진 핏줄, 쓰러질 것 같아."

"그런 면이 좋은데요."

"뭐가 됐든 제일 마음이 놓여."

"쓸데없이 매력 있다니까."

"아, 심쿵했다."

이것은 '섹시 문구'라는 것. 대화할 때 이런 말을 집어넣어 단순한 사랑 이야기에서 '서로를 이성으로 어떻게 느끼는지'로 화제를 이어갈 수 있다. 좀처럼 잘 풀리지 않는 연애의 촉진제가 된다. 이것으로 러브 토크 스킬은 완성이다.

드디어 침묵 속에서도 남녀의 분위기가 감돌게 되었다. 대화가 섹시한 분위기를 띤다는 느낌이 이런 걸까. 사랑 이야기를 하며 상대방을 사랑하게 된다. 데라사키 씨의 마음을 끌어당길 뿐만 아니라 내 마음도 데라사키 씨에게 빠져드는 것 같았다.

문득 고개를 드니 가게 안에는 우리 둘뿐이었다. 점원은 다른 테이블을 치우며 우리 쪽을 곁눈질로 살피고 있었다. 단숨에 시간을 건너뛴 듯했다.

"시간이 벌써 이렇게 됐나." 데라사키 씨는 코트를 입으면서 손목시계를 보았다. "아직 9시밖에 안 됐는데 일찍 문 닫네."

"아직 9시라니 왠지 기분 좋은데요."

"그러게."

"진짜 그래요."

우리는 웃으면서 계산했다. 내가 쿠폰을 내기도 해서 금액은 8천3백80 엔이 나왔다. 데라사키 씨는 쿡쿡 웃었다.

나는 재빨리 천 엔 지폐 4장을 계산대에 두고 가게를 나왔다. 이런 일을 대비해서 천 엔 지폐를 몇 장이나 준비해 둔 것은 비밀이다. 데라사키 씨는 지갑을 연 채로 어안이 벙벙한 표정이었다. 포렴 앞에서 "아니, 내가 낸다니까."라고 말하기에 "또 마시러 가고 싶어서 그래요. 오히려 더 많이 내서서 미안해요"라며 머리를 숙였다.

그 순간, 데라사키 씨는 깜짝 놀란 표정을 지었다. 이 여자는 좀 다른데, 라는 의미일지도 모른다. 이것도 처음에 베니코 씨가 가르쳐준 스킬이었다.

니시키 시장 동쪽으로 빠져나와 데라마치 거리 북쪽으로 향했다. 낮과는 딴 세상처럼 사람 그림자도 불빛도 없었다. 돌을 던지면 소리가 들릴 듯했다. 셔터를 내린 상점가는 고요했다.

"꽤 마셨네요." 나는 걸으면서 코트 단추를 잠갔다.

"아, 마셨네. 진짜 사케였어."

"그게 무슨 말이에요." 내가 웃었다.

"좀 취한 것 같아." 데라사키 씨는 고개를 끄덕였다. "아직은 괜찮지만."

"정말이요?"

"정말. 미호 짱은?"

"저는 간단간당 아직은 괜찮아요." 내가 말했다. "아마도."

"같이 마셨는데 말이야."

"그거야 기분 문제죠."

"그건 또 무슨 말이야." 데라사키 씨가 웃었다. "둘 다 취했어."

"어쩌면요."

어색한 침묵이 흘렀다. 두 사람의 발걸음 소리만이 울렸다.

"어디." 데라사키 씨는 일부러 그러는 듯 손목시계를 보았다. "2차 갈까?"

마음속으로 만세를 불렀다.

조금만 늦었으면 내가 가자고 했을지도 모른다. 왠지 거절할 것 같지 않았으니까. 2차를 제안하는 것도 데이트 신청과 다르지 않다. 프랭크십만 있으면 되니까. 데라사키 씨가 생각해 둔 곳이 있는 것 같아서 내가 미리 찾아본 2차 리스트는 마음속에 넣어두었다.

번화가인 기야마치로 향했다. 호객 행위를 하는 여자들이나 취한 대학생 무리가 있었다. 골목으로 접어들자 가스등이 붉을 밝힌 바가 있었다. 데라사키 씨가 문을 열었다.

나는 당황했다. 성숙한 분위기를 풍기는 이런 바에는 회사 송년회 3차 때 가 본 것이 다였기 때문이다.

"뭐로 드릴까요." 머리를 단정히 정돈한 주인이 앞에 컵 받침을 놓았다.

갑자기 위기를 맞이했다. 맥주나 카시스 오렌지 칵테일을 주문할 분위기가 아니었다. 메뉴도 없다. 겨드랑이에 기분 나쁜 땀이 찼다.

그때 데라사키 씨가 진토닉을 주문했다. 이거다. 나는 눈앞에 던져진 밧줄에 매달리듯이 "같은 걸로" 하고 말했다. 살았다.

"이런 가게도 알다니. 진짜 어른 같네요."

"그런 척만 잘해." 데라사키 씨가 웃었다. "일이 바쁠 때 현실 도피하려고 오는 거지. 아, 더는 한계야 하면서 숨어드는 장소."

데라사키 씨는 멍하니 앞을 보았다. 주인이 소리도 없이 잔에 얼음을 채우고 있었다.

"어쩐지, 내 인생이 지금 겨울인 것 같아."

"겨울이요?"

"응." 데라사키 씨는 카운터를 쓰다듬었다. 눈을 가늘게 뜬 모습이 조금 쓸쓸해 보였다. 무적의 타이거가 하는 말치고는 의외였다. "뭔가 힘을 비축하는 시기랄까?"

그때 주인이 진토닉 두 잔을 내려놓았다. 기포가 올라온 잔 속에 초승달처럼 푸른색 라임이 떠 있었다.

"그래도 끝나지 않는 겨울은 없어요."

"끝나지 않는 겨울은 없다?" 데라사키 씨는 고개를 들었다. "좋은 말이네, 그거."

나는 잔을 든 채 예상외의 반응에 난감했다. 왜 그런 말이 나왔는지 자신도 알 수 없었다. "그렇잖아요. 저도 요즘 이런저런 생각이 많아서."

"어, 뭣 때문에?"

"일도 그렇고…." 그리고 나는 입을 벌린 채 말을 멈췄다. 설마 당신한테 사랑받기 위해 전력을 다하고 있다고는 말할 수 없었다.

④ 퓨처 토크 스킬

"그럼." 내가 말했다. "진짜로 봄이 되면 뭐 하고 싶어요?"

"응?" 데라사키 씨는 잠시 입을 다물었다. "아, 일단 벚꽃. 교토의 벚꽃을 즐기고 싶어."

"좋아하는 벚꽃 명소 있어요?"

"아직 잘은 모르는데, 작년에 갔던 헤이안진구도 좋았어. 넓기도 하고."

"아, 좋은데요. 돌아가는 길에 가까운 미술관에도 갈 수 있고."

"그거 딱 좋네."

"거기 좋은 그림 아주 많아요." 내가 말했다. "역시 교토다 싶은 게, 특별전도 좋은데 평소에 하는 상설 전시 수준도 엄청 높거든요. 피카소나 뒤샹 같은 대표 미술가의 그림을 아무 때나 볼 수 있는 느낌이에요."

"오, 잘 알잖아."

"일이 그런 쪽이라서요." 나는 잔을 들었다. "그런 다음에 가볍게 식사하고 봄밤에는 가모가와강을 산책해도 좋잖아요."

"아, 최고야. 그런 게 하고 싶어서 교토에 취직했거든. 맥주 사서 느긋하게 말이야. 편의점 왕복하면서. 괜히 식당에 가는 것보다 가성비도 좋고."

"엄청 마실 것 같아요. 그리고 마지막으로 카페에서 커피 마시면 은근히 분위기 있잖아요?"

미래에 관한 이야기를 하는 스킬. 돌아오는 계절이나 여름휴가, 다음 해나 몇십 년 뒤에 '어떤 식으로, 어떤 장소에서, 무엇을 하고 있을지'를 이야기한다. 원리는 러브 토크 스킬과 마찬가지다. 미래의 이야기를 하면서 그때까지 이어지는 관계를 상상하게 만든다.

중요한 점은 그런 이야기에 적극적으로 참여하는 것. 상대방의 이야기를 듣고만 있어서는 안 된다. 어디까지나 '두 사람의 미래'를 떠올리도록 해야 한다. 맞장구를 치거나 새로운 제안을 하면서 그 상상 속에 자신을 등장시킨다.

"나중에." 나는 카운터 위 물방울을 손가락으로 꾹 눌렀다. "어딘가 살고 싶은 곳 있어요?"

"어려운 질문이네." 데라사키 씨는 생각에 잠겼다. "계속 교토 아닐까. 도쿄보다 훨씬 잘 맞아. 그렇게 안 보여도 나는 꽤나 느긋한 장소를 좋아해."

"장래에는 해외에서 살 생각이라고 말할 줄 알았어요."

"전에는 뉴욕에 살고 싶었어. 그런데 지금은 정취가 있는 곳에 살고 싶어."

"엄청 좋죠." 나는 바로 지금이라 생각하고 그의 이야기에 맞장구쳤다. "아, 정원이 있는 게 좋아."

"오, 바로 그거. 신비로운 물줄기가 흐르는 전통 정원하고 한없이 빈둥거릴 수 있는 툇마루도 좋고."

"유튜브로 크게 한 건 해서 호화 저택 지어요."

"자꾸 유튜버로 만들고 싶어 하네."

"저 아르바이트비 주면 자막 만들 수 있어요." 나는 웃었다. "그런데 동네는 어디로 할 거예요?"

동네는 은각사 근처다, 가까이에 술집이 많은 곳이 좋다, 이웃하고도 잘 지내고 싶다, 셰틀랜드 쉽독을 키우고 싶다 하며 우리는 상상의 나래를 펼쳤다. 연애 인지학이라고는 하지만 이것저것 상상을 부풀려가는 자체가 즐거웠다.

"그런데 미호 쨩하고 마시면서 얘기하니까 엄청 재밌네."

"술 때문이죠 뭐."

"그럼, 다음에는 알코올 빼고 승부해볼까."

"좋죠." 나는 웃으면서 고개를 갸웃했다. "무슨 승부일까."

몇 초 뒤, 진토닉을 입으로 가져가며 문득 놀랐다. 자연스럽게 다음 데이트가 정해졌기 때문이다. 첫 데이트의 목적은 다음 데이트로 이어가는 것. 깨끗이 성공. 첫 번째 데이트를 성공하면 두 번째 데이트는 자연스럽게 상대방으로부터 나오는 듯하다.

어스름한 가게 안에는 중년의 남녀가 대화하고 있을 뿐이었다. 주인은 배려하는 건지 카운터 끝에서 채소를 썰기 시작했다.

"그런데 계속 존댓말이네." 데라사키 씨가 말했다. "좀 신경 쓰이는데."

"그런가요."

"그냥 반말해도 괜찮아."

"아, 네." 나는 고개를 끄덕였다. 여기서는 사양하면 안 될 것 같았다. 인기 있는 여자라면 바로 반말을 하지 않을까. 망설여질 때는 인기 있는 여자의 태도를 떠올리면 된다.

"맞아, 맞아. 그렇게 해야지."

"그 말, 뭔가 어색하네." 데라사키 씨가 웃었다.

"괜찮아요. 금방 익숙해지니까."

"자전거 타는 요령 같은 건가." 데라사키 씨는 킥킥 웃고 나서 고개를 들었다. 안쪽에 진열된 병을 바라보았다. "자기도 모르는 새에 익숙해지지."

여기까지 오고 나니 스킬을 의식하지 않게 되었다. 자연스럽게 상황에 맞춰서 적당한 말이 술술 나왔다. 무슨 말을 해도 상대방이 싫어할 것 같지 않았다. 어떻게 생각할지도 신경 쓰지 않았다. 인기 있는 여자는 이렇게 대화하겠지.

10시가 지났을 무렵 바를 나왔다. 밤에도 코트를 입은 사람들로 북적이는 산조 거리로 갔다. 흘러가는 가모가와 강 건너편으로 게이한산조 역의 불빛이 보였다. 하지만, 아직 돌아가고 싶지 않았다.

"손잡을까." 꽤 긴 침묵이 흐른 뒤에 데라사키 씨가 말했다.

처음에는 무슨 일이 생긴 건지 깨닫지 못했다. 다음 순간, 귀를 의심했다. 그리고 대번에 얼굴이 빨개졌다. 겨울이라서 다행이었다. 여성 호르몬이 머리끝부터 발끝까지 순식간에 확 퍼져 나와 피부가 탱탱한 여고생으로 돌아가는 줄 알았다.

당장에라도 진심으로 네, 하고 말하고 싶었다.

"첫 데이트에서 스킨십은 금물." 프랑스풍 찻집에서 베니코 씨가 말했다. "마음에 새겨 둬."

"금물?" 나는 고개를 갸웃거렸다. "왜 안 돼요?"

"남자는 쉽게 손에 들어오는 상대한테 매력을 못 느끼니까." 베니코 씨는 집게손가락을 펴서 하얀 컵의 테두리를 쓰다듬었다. "분명히 스킨십은 흥분되지. 그 순간은 소중하게 여겨줄 테고. 하지만 여자의 마음이 손에 들어왔다고 확신하는 순간 남자의 마음은 멀어지는 거야."

나는 상상하다가 그만 무서워졌다. "그런데 잡지 같은 데서 소개하는 인기 테크닉에는 젊고 예쁜 여자들이 스킨십으로 남자를 무너뜨린다고 나와 있지 않아요?"

"그런 여자는 지옥에 떨어질걸. 아니, 벌써 떨어졌을 거야."

"무서운 말씀을 하시네요."

"성적인 얘기를 하면 안 되는 거하고 똑같아. 남자의 성욕에 불을 붙이는 방법으로도 인기를 얻을 수는 있어. 하지만 오래 안 가. 혹시 손에 넣고 싶은 여자가 됐다고 해도 평생 옆에 두고 싶은 여자라고는 생각하지 않을걸."

"그래요? 우선 마음을 빼앗으면 성공 아니에요?"

"플레이보이로 유명한 연예인을 생각해 봐. 하나같이 화려한 여자들하고 소문이 무성하다가 결국엔 뻔뻔하게도 가정적인 여자하고 결혼하잖아."

나는 TV에서 본 몇몇 얼굴을 떠올렸다. "듣고 보니 그러네요."

"그게 대답이야. 적어도 초기에는 스킨십 금지라고 생각해야 해."

"알겠습니다."

"남자의 마음은 우아하게 손에 넣으라고." 베니코 씨는 천천히 다리를 바꿔 꼬았다. "그 요령은 말이야. 남자의 몸이 아니라 마음을 흔드는 거야."

"마음이요?"

베니코 씨는 고개를 끄덕였다. "성욕에는 결승점이 있지만 연애 감정에는 결승점이 없으니까. 출구 없는 미로에 끌어들이는 거야. 남자는 손에 들어올 듯 말 듯한 여자한테 약해. 고양이 앞에 실을 늘어뜨려서 고양이가 손을 뻗으려고 하면 당기잖아. 그렇게 이쪽으로 오게 만드는 거지. 남자의 마음은 이 법칙만 이해하면 돼."

입술을 깨물었다. 이 순간만의 사랑이 아니라 영원한 사랑을 원한다. 온 힘을 다해 마음을 굳게 다져 가슴 속에 단단히 뭉쳐두었다.

"아직 부끄러워서요." 나는 거절했다. 대신에 싫지 않다는 뜻으로 다른 제안을 했다. "저기, 아까 했던 얘기 때문은 아닌데요. 조금 춥긴 하지만 가모가와강 앞에 잠깐 앉지 않을래요?"

산조 대교 옆에 있는 편의점에서 캔 커피를 사서 하천부
지로 내려갔다. 겨울이어도 커플들은 어깨를 나란히 하고
흘러가는 강을 바라보며 띄엄띄엄 앉아 있었다.

"저, 여기에 남자하고 같이 앉아본 적 없어요."

"나도 전에 동료하고 맥주 마신 게 다야."

"다리 위에서 볼 때는 있어도 앉을 기회는 별로 없죠."

"그런데 다시 존댓말로 돌아갔네."

"앗, 정말." 나는 웃었다. "신경 써야지."

우리도 가모가와강 앞에 앉았다. 그 순간만은 엉덩이가
차가웠다. 하지만 캔 커피를 두 손에 감싸자 마음속까지 춥
지는 않았다.

옆에 나란히 앉았다. 둘 다 별로 말이 없었다. 대신에 눈
앞에서 가모가와강이 흘러가는 소리가 들렸다. 강물 위에
는 교토시를 둘러싼 산줄기와 거리의 불빛이 떠 있었다.

밤인데도 사람들의 물결이 끊이지 않는 주말의 산조 대
교를 올려다보았다.

몇 달 전, 저 위에서 이곳을 내려다보던 일을 떠올렸다.
나란히 앉아있는 커플들에 대해 악담을 했었다. 그런데, 지

금 내가 그런 커플이 되어 있을 줄이야. 베니코 씨와 연애 인지학을 몰랐더라면 여전히 저쪽에 있었을 것이다. 사랑을 원하면서도 손에 들어오지 않는다며 핑계만 대던 여자들 중 하나였다.

이 순간만은 내가 쟁취한 것이다.

"봄이 그립네요." 내가 가모가와강을 바라보며 말했다.

"그러게." 데라사키 씨가 말했다.

제7장

자신이 싫어지는
사랑은 하지 말 것

게이한 전철을 타고 집으로 돌아왔다.

　카펫 위에 가방을 내려놓았다. 보리차를 마셨다. 스마트폰을 충전기에 꽂았다. 그리고 옷장에 코트를 걸면서 예전이라면 이모티콘 잔뜩 넣은 데이트 인사말을 보내고 있을 시간이라고 생각했다.

　실내복으로 갈아입고 숨을 내쉬며 침대에 걸터앉았다.

　내가 아양 떨며 메시지를 보내는 것만이 연애는 아니다. 때로는 기다리는 것도 액션이다. 이제는 연락하지 않는 용기를 가져야 한다. 실례가 안 되는 범위에서.

　이것은 '트랩 스킬'이었다. 데이트 후에 다음 날 밤까지 연락하지 않는 것. 이렇게 해서 '상대방한테 연락이 오는지'에 따라 넘어왔는지 체크할 수 있다. 만약 연락이 온다면 포지션도 올라갈 뿐만 아니라 조금이라도 가능성이 있다는 신호다.

　특히 타이거라면 '여자가 자신에게 다가오는 것이 당연

하다'라고 여긴다. 따라서 '뭐지?' 하고 궁금한 느낌을 줄수 있다. 이대로 놓칠까 보냐, 하고 애를 태울 것이다.

또한 연락이 없다고 해서 가능성이 없는 것은 아니다. 무언가 실패를 한 것은 아니니까. 여자 쪽에서 조금 늦게 연락을 하면 그만이다. 노 리스크, 하이 리턴.

샤워를 하고 머리를 타월로 닦고 있는데 스마트폰이 빛났다.

오늘 재밌었어. 데라사키 씨였다. 또 마시러 갈까!

그 순간, 총이라도 맞은 듯 이불에 쓰러졌다. 행복한 기분에 취해 죽은 듯 쓰러졌다가 몇 초 뒤 행복에 겨워 몸부림치며 되살아났다.

바로 *꼭이요!* 하고 보냈다. 여기서 '인기 있는 여자의 읽씹'은 너무 냉정해서 역효과일 것 같았다. 이제 팬케이크여자라는 말은 사양이야. 후끈 달아오른 나는 데라사키 씨의 프로필 사진을 확대한 뒤 입술을 삐죽 내밀고 키스하려고 했지만, 스스로 생각해도 너무 꼴불견이라 그만두었다. 부끄러워져서 술 탓으로 돌리고 잠자리에 들었다.

설렘으로 가득한 날이 이어졌다. 두 번째 데이트는 영화관에서 했다. 감동적이라고 소문난 멜로 영화를 보자고 제안했기 때문이다. 남자의 뇌를 연애 모드로 바꾸는 '러브 토크 스킬'의 응용 버전이다. 연애 인지학의 '로맨틱 영화 스킬'이었다

영화관에서 나오자 멍한 기분이었다.

주인공의 드라마틱한 순애보에 전염된 것 같았다. 이내 사랑을 하고 싶어진다. 데라마치 거리에 있는 카페 2층 소파에 앉아 감상을 나누다 보니 그 감정은 더욱 강해졌다. 함께 본 영화 이야기를 하며 감정을 한층 깊게 만드는 이중 전략이었다.

우지 말차 라떼 컵을 손에 들고 데라사키 씨와 눈이 마주칠 때마다 두근두근했다. 그리고 서로 설렌다는 사실도 알았다.

연애 인지학 스킬에는 단 한 가지 결점이 있다.

효과가 너무 좋다는 것.

사랑받기 전에 사랑에 빠지지 않도록 마음을 굳게 다잡아야만 했다.

이때는 '러브 킵 모델'에 주의를 기울였다.

연애 인지학 스킬을 사용해서 "아, 괜찮은 여자잖아" 하고 호감을 샀다고 해서 안심해서는 안 된다. 그런 호감을 유지하도록 행동하는 것이 바로 러브 킵 모델이고, 사랑에 골인하기 위해서는 꼭 필요한 커뮤니케이션 스타일이었다.

그 이유는 바로 여기에 가장 큰 함정이 숨어 있기 때문이다.

우리는 사랑받는 만큼 자신을 드러내고 싶어 하는 생물이다. 상대방의 마음이 손에 들어온다 싶으면 무심코 솔직하게 대하려고 한다. 장문의 라인을 보내고, 식사 자리에서 자기 이야기만 하고, 목소리를 듣고 싶다며 연락하고, 상대방의 마음을 시험해 보려고 하고, 마침내 인기 없는 사생활까지 자백하고 싶어 한다.

러브 킵 모델은 그런 행동을 금지한다. 남자의 마음을 사로잡아도 사귈 때까지는 인기 있는 여자의 태도를 바꿔서는 안 된다. 잘못하면 남자의 마음이 식어버릴 테니까.

좋은 감정을 품은 남자에게 "사실 나는 인기 없는 사람이야"라는 말을 듣는 것과 마찬가지다. 사랑의 마법이 풀리고 마는 이런 실수를 해서는 안 된다.

물론 상대방을 안심시키는 것은 중요하다. 그러나 잊지

말고 계속해서 이성으로서 호감을 느끼도록 해야만 한다. 그렇지 않으면 "좋은 사람이지만 연애 상대로는 느껴지지 않아"라는 안타까운 사태에 처하고 만다.

좋든 나쁘든 남자는 본능적으로 유전자를 남길 수 있는 파트너로서 여성을 선택한다. 따라서 여자도 상대방이 "이 사람과 유전자를 남기고 싶어"라는 감정이 들도록 노력해야 하는 것이다.

중요한 것은 사랑을 손에 넣는 것이 아니라 그 사랑을 유지하는 것. 데이트 상대에서 연인으로 올라서기 위해 절대 잊어서는 안 되는 일이었다.

세 번째 데이트는 토요일 밤이었다. 다코야쿠시 거리에 있는 구제 옷 가게에서 머플러를 산 다음 폰토초에 위치한 전통 있는 스키야키 집에 갔다. 테이블 자리가 다 차서 우연히 개별 룸으로 안내받았다. 방 한쪽 장식 공간인 도코노마에 족자가 걸린 다다미방이었다. 어쩐지 어른스러운 데이트를 하는 느낌이었다.

친절한 점원이 쑥갓이나 소고기를 넣어 자글자글 끓이는 것을 보면서 데라사키 씨는 병맥주를 따른 뒤, 5월 황금연휴에 계획하고 있는 자전거 여행 이야기를 꺼냈다. 그 내용을 유튜브에 올리자며 농담하자 분위기는 한층 달아올랐다.

"역시 미호 쨩하고는 얘기하기 편해"라며 데라사키 씨는 추가 주문한 고기를 먹었다.

그때 나는 젓가락질을 멈췄다.

'그럼, 사귀자고 하면 예스라고 대답하실 거예요?'라고 마음속으로 중얼거렸다.

물론 그런 말은 하지 못하고 그릇 속에서 달걀과 뒤섞여 흐물흐물해진 파를 깨작였다.

밖에 나와 보니 밤이 깊었다. 폰토초의 좁고 긴 골목은 이자카야, 스테이크 하우스, 오코노미야키, 바, 가이세키 요릿집 등의 간판이나 불빛으로 물들어 있었다. 하얀 입김을 토하면서도 교토의 밤을 제대로 즐기는 사람들이 걷고 있었다. 또각또각 게다 소리가 울려 퍼졌다.

처마 끝에는 제등 몇 개가 달려있었다. 그곳에 불쑥 '고백'이라는 두 글자가 보인 듯했다. 다시 보니 다른 글자였다.

물론 고백을 생각하던 것은 아니었다. 그러나 내 심장이 절절하게 의식하고 만다.

그때 데라사키 씨가 아무 말 없이 손을 내밀었다.

그 손을 잡았다.

데라사키 씨의 손은 따뜻했다. 내 몸이 열기를 띠고 있었기 때문인지도 모른다.

둘 중 누가 어디서 어떻게 고백하느냐가 중요한 것은 아니다. 고백하는 방법으로 성공 확률이 바뀌지는 않으니까. 다만, 그 순간까지 호감을 유지해서 OK를 받을 수 있는 관계인지가 중요할 뿐이다. 물론 마지막까지 데라사키 씨의 마음은 알 수 없지만.

바람이 불었다.

아, 이 순간을 놓치면 평생 후회할지도 몰라. 갑자기 그런 기분이 들었다. 아마 모든 게 좋은 타이밍은 영원히 오지 않을 것이다. 조금 어색하더라도 액션을 취할 수 있는지 없는지에 달려있다. 밤공기 속에서 크게 숨을 들이마셨다가 천천히 내뱉었다.

"저기." 내 입에서 나온 말은 아주 평범한 대사였다. "사귈까."

"응? 좋아." 데라사키 씨가 말했다.

몇 초 동안 무슨 일이 일어났는지 알 수 없었다. 폰토초를 아무 말 없이 걷기만 했다. 다시 몇 초 뒤, 그 뜻을 이해하고 몸이 떨렸다. 머릿속을 진도 7의 지진이 덮쳤다.

잠시 뒤 폰토초를 빠져나오자 가모가와강이 있었다. 그 맞은편으로 히가시야마산이 보인다. 한겨울 밤에 보이는 산은 캄캄했다. 그러나 내 머릿속에서는 조상의 영혼을 배웅하는 오쿠리비의 횃불이 그 산 위에서 한여름 밤의 꿈처럼 활활 타올랐다.

그때 데라사키 씨가 내 손을 확 잡아당겼다.

살짝 취한 기운에 그대로 이끌려 시조 대교에서 함께 택시를 탔다. 다음날 아침에는 교토시의 말간 하늘 아래에서 흐트러진 머리를 정돈하며 데라사키 씨의 아파트 근처 카페에서 모닝 세트를 먹었다. 둘이서.

테이블 맞은편에서 하품하며 커피를 마시는 데라사키 씨의 얼굴을 바라보았다. 아, 드디어 여기까지 왔구나.

"어, 왜 그래?" 데라사키 씨는 아무렇지 않은 얼굴이었다.

치사해. 그래도 이 시선을 독점할 권리가 있다고 생각하니 웃음이 저절로 새어 나왔다. 그런 창피한 표정을 숨기려고 손을 들어 얼굴을 감싸는데, 소맷부리에서 데라사키 씨 집에 있던 바디 워시 향기가 나서 무심코 소리가 튀어나올 뻔했다.

그러나 다음 순간, 머릿속에 알 수 없는 예감이 스쳤다. 기분 나쁘게 미끈거리는 감촉이었다. 문득 브래지어 안쪽에 끈적거리는 땀이 밴다. 금세 정체를 알았다.

지금은 연애 인지학의 러브 킵 모델을 사용하고 있다. 그러나 이대로는 금세 허점이 드러나고 만다. 어젯밤은 화장을 지우지 않았지만 언젠가 '쌩얼'도 보일 수밖에 없는 것처럼. 내가 금세 싫어질지도 모른다. 다른 인기 있는 여자에게 빼앗길지도 모른다. 사소한 실수 때문에 미움받고 교토시 길바닥 쓰레기통에 버려지는 건 아닐까.

그런 생각에 빠져 아침 식사로 나온 토스트도 반이나 남겼다. 사랑이 이루어졌는데도 순수하게 기뻐할 수 없다는 사실이 불안했다. 팬케이크 여자가 바로 여기 있었다.

"정말 싫어." 나는 집에 오자마자 전화를 걸었다. 보고를 하는 둥 마는 둥 울듯이 매달렸다. "겨우 생긴 애인한테 버림받고 싶지 않아요. 이제 혼자는 싫다고요."

"이래서 당신은 팬케이크 여자라니까."

"아아, 잘 알아요. 나는 혼나도 싸요."

"행복이 어색한 팬케이크 아가씨." 베니코 씨의 목소리는 부드러웠다. "지금은 행복에 푹 빠질 때야. 천사처럼 두둥실 떠오르시라고. 일어나지도 않을 일을 걱정해 봤자 소용없어."

"그래도…." 나는 방에서 일어나 괜히 커튼을 잡아당기고 있었다.

"괜찮아." 베니코 씨가 말했다. "앞으로의 일은 미래의 당신이 어떻게든 하겠지?"

그 말은 뜻밖이었다. 미래의 내가 어떻게든 한다. 지금까지도 이런저런 일을 직접 해냈다. 그 사실을 떠올리자 마음이 조금 가벼워졌다. 천천히 숨을 들이마셨다. 객관적으로 보면 꽃미남 애인이 생긴 행복한 여자로밖에는 보이지 않을 것이다.

"조금 초조했나 봐요." 나는 손에서 커튼을 놓았다. "그래도, 그 사람이 나를 싫어하게 될까 봐 너무 겁이 나요. 언제 진짜 내 모습으로 돌아갈 수 있죠? 끝까지 인기 있는 여자인 척은 못 하잖아요. 러브 킵 모델은 사귈 때까지니까 이제 내 본모습을 보여도 OK예요?"

"팬케이크 아가씨는 바보야?"

"아, 또 대놓고 혼났네."

"지금 방심했다가 어쩌려고. 오히려 사귄 다음부터가 시작 아니야? 연애는 마지막에 두 사람이 '아아, 좋은 인생이었어'라고 말할 수 있을 때까지 하는 거야."

"하지만 사귀고 나면 혹시 동거라도 해서 쌩얼을 보일 수도 있고, 취미나 취향도 들킬 텐데요. 나는 인기 있다고 거짓말까지 했잖아요. 처음의 설렘을 유지하기는 어렵지 않아요?"

나는 좌식 의자에 앉았다. 앞에 있는 테이블 위는 생활 잡화로 어질러져 있었다. 그러니까 이런 것도 데라사키 씨에게는 보여줄 수 없다.

"얘기 잘 꺼냈어."

"어, 정말요?"

"딱 하나 잘못된 생각을 수정해야겠어." 베니코 씨가 말했다. "원래 연애 인지학의 원리는 '당연히 인기 있을 정도로 생물학적인 가치가 있는 척'을 하는 거야. 자기가 인기 있다고 알리는 것도 아니지. 그러니까 거짓말을 하는 건 아니야."

"아, 하긴." 나는 고개를 끄덕였다. "실제로 인기 있느냐가 아니니까요."

"물론이지. 극단적으로는 지금까지 한 번도 남자를 사귄 적 없었다고 말하면서 연애 인지학을 적용할 수도 있어. 어쩌다 보니 없었을 뿐이지 원래는 인기 있는 여자라고 느끼게 할 뿐이니까. 모순은 아니야. 오히려 아무도 손에 넣지 못한 가치 있는 여자인 셈이지. 남자들은 더 좋아하지 않겠어."

"그렇기도 하네요." 나는 수긍했다. 테이블 위에 어디서 받았는지도 알 수 없는 과자가 있었다. 소비 기한이 지나서 쓰레기통에 버렸다. "그러면 사귀고 나서도 인기 있는 여자의 행동을 계속해야 한다는 말이에요?"

"이상적으로는 그렇지."

"그건 거의 불가능한 거 아니에요?" 나는 녹슨 머리핀을 버렸다.

"물론 현실을 생각하면 러브 킵 모델을 지속하기는 어려워." 베니코 씨가 말했다. "애초에 연애를 담당하는 뇌 속 물질은 1년 반에서 3년밖에는 나오지 않는다고 하니까. 사랑의 힘으로만 연애를 지속하기는 힘들지. 그건 과학적으로도 증명된 사실이야."

"네? 그럼 영원한 사랑은 없다는 말이에요? 너무 삭막하잖아요."

"연애 인지학은 영원히도 가능하게 만들지." 베니코 씨의 목소리가 마음속에 울려 퍼진다. "그러니까 사귄 다음에는 사랑을 존경으로 바꿔야 해. 이게 바로 '존경 유지 모델'이지. 연인이 계속 사귄다는 건 존경을 유지하는 일이나 마찬가지야."

"네에." 나는 이해하기 어려워서 입을 멍하니 벌리고 있었다. "사랑하고 존경은 다른 거예요?"

"스핑크스하고 치와와만큼 다르지."

"똑같이 발이 네 개인데 완전 다르네요."

"여기서 말하는 존경은 사랑보다 한 차원 높은 거지. 존경에는 끝이 없으니까. 이제는 사라지지 않는 것을 찾아야 할 때야."

"그게…… 영원한 사랑인가요?" 나는 침을 꿀꺽 삼켰다. 매우 중요한 것을 배우고 있는 듯했다. 테이블 위에 있던 무슨 통인지 알 수 없는 플라스틱 용기를 버렸다.

"그렇지." 베니코 씨가 말했다. "금각사도 흩어져 사라질 만한 영원."

나도 모르게 숨을 내쉬었다. "그런데 어떻게 사랑을 존경으로 바꿀 수 있어요?"

"당신의 인생에서 액션을 지속하는 거지." 베니코 씨가 말했다. "변화를 두려워하지 않고 도전하는 것. 게으름피우지 않고 행동하는 것. 계속해서 배우는 것. 다른 사람을 피하지 않고 부딪치는 것. 세상에 호기심을 품는 것. 삶에 관한 다양한 센스를 갈고닦는 것. 왠지 추상적인 충고라서 미안하네. 하지만 그 하나하나가 당신에게 무엇을 뜻하는지는 당신만 알 수 있어. 오히려 그걸 생각하는 것부터가 시작이야."

"어려운 것 같아요." 나는 눈썹을 찡그렸다. "좀 더 간단한 스킬은 없어요?"

"이래서 당신은 머릿속에 트럭 네 대분의 휘핑크림이 가득 찬 팬케이크 여자라니까."

"아, 엄청나게 야단맞는 느낌."

"당신은 이미 정답이 없는 세계에 뛰어들었어. 그래도 이 존경 유지 모델의 좋은 점은 노력만 하면 손에 넣을 수 있다는 거야. 타고난 능력이나 외모하고는 완전히 다른 성질이잖아."

"네?" 나는 테이블 위에 있던 영수증이나 광고 뭉치를 버리려다가 손을 멈췄다.

"바꿔 말해볼까." 베니코 씨는 웃었다. "당신이 노력하기만 하면 그 사랑은 영원할 거야."

내 마음은 불안하게 흔들렸다. 오늘도 어디선가 사랑을 속삭이는 연인들이 있다. 하지만 그들이 어떻게 관계를 유지하는지는 알 수 없었다. 내가 막연하게 느낀 것은 연애에는 다음 단계가 있고, 어쩌면 그 과정을 배워야만 한다는 사실이었다.

지금 그것을 확실히 깨달았다. 어렵게 시작한 연애를 끝내는 것은 다름 아닌 우리였다. 사랑에 빠져 안심하고 존경을 키우려는 노력을 게을리하다가 어느 쪽이 먼저랄 것도 없이 사랑은 식어버린다. 자신이 피운 꽃에 물을 주지 않았을 때처럼.

나는 데라사키 씨의 얼굴을 떠올렸다. 그것만으로도 가슴이 두근거렸다. 내 노력으로 영원한 사랑을 지킬 수 있다면 무엇이든지 하겠다고 굳게 맹세했다.

"하지만 안타깝게도 잊지 말아야 할 것은." 베니코 씨가 숨을 내쉬었다. "아무리 노력해도 그 사랑의 운명은 50%밖에는 좌우할 수 없다는 사실이야."

"네? 그게 무슨?" 내가 말했다. "왜 반이에요?"

"나머지는 남자에게 달려있으니까. 자신이 다음 단계로 나아가도 상대방을 바꿀 수는 없어. 어느 한쪽에 존경하는 마음이 없다면 사랑은 끝나. 어차피……."

베니코 씨는 생각에 잠긴 듯했다. 그러나 나는 전혀 신경
쓰지 않았다. 미리 찾아둔 교토 여행 정보지를 테이블 위에
서 뒤적이며 내 머릿속은 다음 데이트 계획으로 꽉 차 있
었으니까. 그 의미를 깊이 생각해 보려고 하지 않았다.

"프랑스 사람이 와인글라스를 깨뜨렸을 때나 헤어질 때
입에 올리는 이 말이 어울릴 거야." 베니코 씨는 대사를 읊
었다. "세라비. 그것이 인생."

"그래도, 남자 친구가 생겼으니까요."

그 말을 끝으로 나는 한동안 베니코 씨와 만나지 않았다.
옥션 시즌이 다가와서 일도 바쁘고, 이러니저러니 해도 더
는 배울 것이 없다고 생각했다. 사랑받는 실험을 시작한 후
로 이제 겨우 안정을 찾았으니까. 어쨌든 우쭐해져 있었다.

오랜만에 '연인이 있는 생활'에 빠져들었다

데라사키 씨와 함께하는 시간은 양동이에 가득 찬 핫초
코보다 달콤했다. 일주일에 두세 번은 데라사키 씨 집에서

영화를 보고, 요리 사이트에서 찾은 레시피로 까르보나라를 만들고, 행복에 겨워 꿍냥거리다가 늦은 밤 편의점에서 아이스크림을 사 먹기도 했다. 데라사키 씨의 팔에 꼭 매달려 교토 시가지를 동서남북으로 활보하며 설레는 나날을 보냈다.

미래에 관한 이야기도 많이 나눴다. 다음 5월 연휴에는 어디에 가고 싶다거나 홈시어터를 사고 싶다거나 역시 주택에 살면 좋겠다는 등. 그런 이야기 속에 반드시 자신이 등장하는 것도 가슴이 두근거렸다. 그다음을 생각하면 한층 더 설렜다.

존경 유지 모델도 잊지 않았다. 사랑에 얽매이지 않고 일에 몰두하고, 맛집 사이트에서 별점이 높은 데이트 장소를 골라 제안하기도 했다. 정답이 무엇인지는 모른다. 하지만 망설여질 때는 행동하는 쪽을 선택했다.

"일요일에 말이야. 에이잔 전철 타고 이치조지에 라면 먹으러 갈까?"

"어, 그러게." 데라사키 씨가 말했다. "아, 미안. 일요일은 안 되겠다. 다음에."

데라사키 씨가 일 때문에 바쁘다는 점이 유일하게 신경 쓰였다.

어느새 2주에 한 번 정도밖에 만날 수 없게 되었다. 주말에도 온통 해외 거래처와의 온라인 회의나 접대, 출장 등으로 시간이 없었다. 모처럼 데이트를 해도 "위로받고 싶다"라며 데라사키 씨가 집으로 부르는 일이 많아졌다.

어느 날부터는 밤에 라인을 해도 답장이 없다가 "미안, 자료 만들다가 잠들어버렸어"라고 다음 날 답이 오기도 했다.

이럴 때 외롭다고 투정 부리면 팬케이크 여자가 되겠지. 꾹 참았다. 자신의 연인은 일 잘하는 엘리트니까 어쩔 수 없다고 받아들이기로 했다.

그래서 더욱 만나는 시간을 소중히 여기고 싶었다.

어느 날 밤, 데라사키 씨에게 연락이 왔다. 갑자기 시간이 생긴 모양이었다. 기쁜 마음에 달려갔다. 피자를 시켜 먹고 나서 5월 연휴에 모처럼 대만은 어떨까, 지금이라면 티켓도 쌀 텐데, 하고 나는 말을 꺼냈다.

"어, 뭐라고?" 데라사키 씨는 스마트폰을 가슴께로 가져갔다. "티켓?"

"아직 좀 남았지만 연휴 말이야. 듣고 있어?"

"듣고 있어." 데라사키 씨는 팔을 내렸다.

스마트폰은 대기화면으로 돌아와 있었다. 그대로 뒤집어서 테이블에 올려 두고, 그는 내 목덜미를 부드럽게 물며 셔츠 안으로 손을 집어넣었다. 이렇게 되면 여자는 무너지고 만다.

"아직 일이 어떻게 될지 몰라서 그래. 상황 좀 보고."

그날 밤, 치약이 떨어져서 욕실 선반을 열어보니 편의점에서 파는 여행용 세트의 스킨이 나뒹굴고 있었다. 어쩌다 남은 것 같았다. 칫솔 여분도 8개가 있었다. 쓸데없이 많다고 느꼈다. 하지만 그냥 그런가 보다 하고 깊이 생각하지 않은 채 잊어버렸다.

그러던 어느 날, 친구와 고코마치에서 만나 점심을 먹었다.

미팅을 좋아하고 이른바 '남자가 끊이지 않는 여자'라는 느낌을 주는 친구였다. 둘 다 햄버그스테이크 정식을 주문한 뒤 연애 이야기를 시작했다. 여자들이 언제나 가장 좋아하는 주제이다. 남자 친구가 생겼다고 보고했다.

"뭐야, 완전 축하해." 친구가 말했다. "어떤 사람? 꽃미남?"

나는 으쓱한 기분이었다. 얼른 사진을 보여 달라는 말에 싱글거리며 가방을 뒤적였다.

"나 말이야, 요즘 데이팅 앱 하거든." 친구도 테이블에 놓아둔 스마트폰을 들었다. "근처에 사는 남자들하고 신나게 만나고 있어. 이 사람도 엄청 꽃미남이지 않아?"

사진 속 남자는 회의실에 있는 슈트 차림의 데라사키 씨였다.

두 번째 프로필은 자전거 여행 사진인데 나도 본 적이 있었다. 세 번째는 이자카야에서 찍은 것이었다. 테이블 위에는 잔에 담긴 사케와 고기 초밥이 놓여 있었다. 나도 데려간 적이 있는 교토 역 근처 일식당이었다.

내 마음속이 불안하게 술렁였다. 모든 사진이 얄미울 정도로 꽃미남이었다. "어, 언제 만났어?"

"지난주인가?" 친구는 고개를 갸웃거렸다. "실물도 꽃미남이야."

"그래서? 뭐했는데?"

"응? 그냥 원나잇했지." 친구는 웃었다. "그런데 또 투나

잇도 쓰리나잇도 하자고 라인으로 얘기하는 중. 즐기기 좋은 상대잖아? 어, 남친 사진은?"

나는 아래를 내려다보았다. 가방에서 스마트폰을 꺼내려던 참이었다. 손에 땀이 났다. 아, 사진이 없었네, 다음에 보여줄게, 하고 얼버무렸다. 햄버그스테이크 맛을 알 수 없었다. 밥 먹고 난 뒤에 허브차는 거절했다.

맨 처음에 든 생각은 데라사키 씨를 추궁해야 할지였다. 그러나 한 번 의심해버리면 관계를 되돌릴 수 없을 것 같아서 두려웠다.

그날 이후로 스마트폰을 손에서 놓을 수 없었다. 그 사람은 어디에서 무엇을 하고 있을까. 라인 답장이 없는 날은 나쁜 상상만 맴돌았다. 집안일도 손에 잡히지 않았다. 마음을 달래려고 요리나 요가를 하고 텔레비전을 보려고 해도 전부 소용없었다.

쓰레기와 세탁물이 쌓인 방안에서 오로지 스마트폰만 계속 붙들고 있었다. 무언가를 빌듯이.

가끔 스마트폰이 울리면 화들짝 놀랐다. 그러나 거의 친구였다. 패션 브랜드나 카페의 공식 알림일 때도 있었다.

전화를 걸어도 받지 않고, 가끔 받아도 "지금 좀 바빠" 하며 언짢아하거나 "그런데 전에 그 일 말이야" 하며 일방적인 이야기만 한 뒤에 끊기도 했다. 그런 일에 일희일비하는 자신이 싫었다.

어느 날 밤에는 불안한 나머지 *뭐해?* 하고 추격 라인을 세 번이나 보내고 말았다. 그 메시지에도 답은 없고 *미안, 잠들었어* 하는 메시지가 다음 날 아침에 왔다. 그다음 주에 똑같은 일이 있었을 때는 읽음 표시가 붙었을 뿐이었다. 이제 나는 완전히 팬케이크 여자였다.

마음 상태는 일에도 영향을 미쳤다. 회사에서 키보드를 두드리다가 무심코 손을 멈출 때가 있었다. 움직일 수 없었다. 화장실에 뛰어가서 토하기도 했다.

어느 날, 옥션 카탈로그 주문을 까먹었다는 사실을 뒤늦게 알았다. 그 탓에 고객에게 보내는 초대장이 늦어지고 말았다. 사무실 한가운데에서 상사에게 싫은 소리를 듣고 머리가 어질어질한 상태로 어째서 이런 실수를 했는지 자신도 알 수 없었다.

"괜찮아?" 점심시간에 사무실에 남아있었더니 야나기 씨가 머뭇거리며 말을 걸었다. "왠지 멍해 보여서."

"응." 내가 말했다. "괜찮아. 그냥 입맛이 없어서."

"어, 그렇구나. 위장약 줄까?"

"위장약?" 나는 피식 웃고 말았다. "고마워. 아무 일도 없어."

"그래." 야나기 씨는 종이봉투를 주었다. "입맛 없는데 미안. 이거 화과자야."

교토 사찰에 전해져 온 조수희화(鳥獸戲畫) 그림 속 동물을 흉내 낸 귀여운 패키지였다. 니조성 근처 전통 가게의 앙금빵 만쥬 같았다. 토끼나 개구리 일러스트를 보니 마음이 조금 따뜻해졌다.

"고마워." 내가 말했다. "항상 선물 센스가 좋네."

"어, 그래? 나는 교토가 좋거든. 여기서 계속 살고 싶어." 야나기 씨는 5초 정도 말이 없었다. "저기, 뭐든지 얘기해도 돼. 내가 잘 모르는 일도 많긴 하지만, 미호 쨩이 기운 없으면 나도 마음 아프니까."

나는 고개를 들었다. 시선이 마주치자 야나기 씨는 부끄러운 듯 눈을 피했다. 종이봉투의 무게를 느끼고 어쩐지 마음이 안정되었다. "있잖아."

"핫." 야나기 씨는 깜짝 놀란 듯 자세를 가다듬었다. "응?"

"인간관계가 깨진다고 해도 꼭 전해야 하는 게 있다고 생각해?"

"전해야 하는……. 인간관계가 깨져도 전해야 하는 거?"

나는 대답 대신 그의 얼굴을 가만히 쳐다보았다. 그러자 이번에는 눈을 피하지 않았다. 얼굴은 빨개졌지만 진지하게 생각하는 것 같았다.

"글쎄." 야나기 씨는 눈썹을 찡그러트렸다. 그런 다음 생각난 듯이 말했다. "고민될 때는 자신이 싫어지지 않는 쪽을 선택해야겠지."

토요일, 조금이라도 기분 전환을 하려고 시조 거리에 있는 백화점에 가서 립스틱을 샀다. 한 시간 넘게 점원과 상의한 끝에 고른 빨간색 립스틱이 어울릴지 궁금했다. 집에 돌아와서 거울을 보며 가볍게 발라보니 무언가 달라진 기분이 들었다.

일요일은 드디어 데라사키 씨와 만나는 날이었다.

만나지 못할 때는 불안하면서도 만나면 그저 기쁘기만 한 것이 여자의 본성이었다. 모든 것은 오해이고, 오히려 나만이라도 믿어줘야겠다는 기분마저 든다.

오후에 만나 가까운 반찬 가게에서 도시락을 샀다. 데라사키 씨가 피곤하다며 밖에서 먹고 싶지 않다고 했기 때문이다. 밥을 먹고 나서 쓰레기를 버린 뒤, 세면대 거울을 보며 립스틱을 다시 발랐다. 거실로 와보니 데라사키 씨는 소파에 앉아 스마트폰을 만지작거리고 있었다. 텔레비전에서는 예능 프로그램이 흘러나왔다.

"있잖아." 나는 잔디 색깔 카펫 위에 앉았다.

"응?"

"일이 바쁜 것 같네."

"아, 뭐 그렇지." 데라사키 씨가 고개를 들었다. 평소와 다름없이 웃는 얼굴이었다. "엘리트는 괴롭다니까."

"중요한 때구나."

"근데, 무슨 일 있어?"

"뭐가?"

"할 말 있는 것 같은데."

"아무것도 아니야." 나는 고개를 저었다. 그러다 참지 못하고 입을 열었다. "아, 나 립스틱 샀어. 사람마다 어울리는 색이 다 다르잖아. 여자는 자기한테 어울리는 색을 찾는 게 진짜 중요하거든."

데라사키 씨는 잠시 쳐다보았다. "좀 더 밝은 색이 낫지 않아?"

"어, 그런가?" 내가 말했다. "이거 마음에 드는데."

그러자 "그렇구나." 하고 데라사키 씨는 소파에 뒹굴며 또 스마트폰을 만지작거리기 시작했다. 이야기는 끝난 것 같았다.

10분 정도 텔레비전을 보았다. 하나도 재미없었다. 멍하니 화면을 보면서 립스틱 따위나 사는 자신이 바보 같다고 생각했다. 방송에서는 젊은 주얼리 디자이너를 소개하고 있었다.

그때 갑자기 전에 잃어버린 귀고리가 생각나서 물어보았다. 그러자 데라사키 씨는 스마트폰을 뒤집어 놓고 책상 서랍을 열었다. 은행 봉투에 들어 있었다.

귀고리를 받는데 또 마음속이 술렁거렸다.

"왜 안에 넣어놨어?"

"어?" 데라사키 씨는 소파에서 또 스마트폰을 쥐고 있었다. "중요한 거니까 그렇지."

내가 다가가자 스마트폰 화면을 숨겼다.

"맨날 그렇게 스마트폰 안 보여주네."

"프라이버시잖아, 당연한 거 아니야?"

"그런데." 내가 말했다. "친구가 데이팅 앱에서 봤다고 하더라."

데라사키 씨는 허공을 보았다. 어떤 여자가 그런 소리를 하냐고 말하는 듯했다. 그리고 아무렇지 않게 웃었다. "아, 그거."

데라사키 씨는 스마트폰을 내려놓고 내 뒤로 돌아와 꽉 끌어안았다. 표정이 보이지 않았다. 귓가에 대고 "동료하고 재미 삼아 설치했을 뿐이야"라며 한층 달콤한 목소리로 말했다.

등에 따뜻한 체온을 느끼며 그만 기뻐하는 자신이 있었다. 데라사키 씨는 옷 속으로 손을 집어넣었다. 언제나 그렇듯이.

그가 목덜미를 부드럽게 깨물었다. 아, 또 이렇게 되는구나. 항상 그렇다. 하지만 내 착각인지도 모르고, 데라사키 씨를 잃어버릴 바에야 차라리…. 그때 문득, 이대로라면 자신이 싫어질 것만 같았다.

"아니잖아." 나는 밀어내려고 했다. 그런데 전혀 힘이 들어가지 않았다. "바람피운 거 다 알아. 왜 거짓말해?"

데라사키 씨의 표정이 굳었다. 그대로 말이 없었다. 1분이 지났는지 1시간이 지났는지 알 수 없었다. 시간 감각이 사라졌다.

"그게." 데라사키 씨는 머리를 긁적댔다. 기분이 나쁜 듯 목소리가 조금 거칠어졌다. "둘 다 어른 아니야? 귀찮은 얘기 하면 안 돼지."

나는 "미안해" 하고 금세 대답하고 말았다.

"그래." 데라사키 씨는 내 머리를 쓰다듬었다. 목소리가 다시 부드러워졌다. "미호는 다른 애들하고 달리 어른스럽다고 생각해. 알 만한 사람끼리 자유롭게 지내자고. 그게 마음 편하지 않아?"

그런가, 하고 나는 입을 다물어 버렸다.

그러자 데라사키 씨는 팔을 잡아 침대로 끌어당겼다. 어느새 나는 침대에 누워있었다. 데라사키 씨가 위에서 다가왔다. 오른손이 부드럽게 가슴을 어루만졌다. 그리고 귓가에 속삭였다. "미호는 지금처럼 사랑스러운 여자로 있으면 되는 거야."

그때 나는 눈을 크게 떴다. 데라사키 씨의 어깨 너머로 천장을 바라보았다. 예전의 자신이라면 그 말에 몸을 맡겼을지도 모른다.

몸을 벌떡 일으켰다. 그대로 "갈게" 하고 가방을 들고 집을 나왔다. 데라사키 씨는 침대 위에서 멀뚱히 쳐다볼 뿐 움직이지 않았다. 언제나 두근거리며 열었던 문을 닫았을 때는 두 번 다시 올 일이 없으리라고 생각했다.

엘리베이터 버튼을 누르고 층계 숫자를 바라보며 그 세면대에 방치된 스킨이 5천 엔이나 한다는 사실을 문득 떠올리고 있었다.

☾

밤바람에 머리를 식히며 터벅터벅 산조게이한 역으로 향했다. 가모가와강 옆에 있는 편의점을 지나쳐 갔다.

길 위에 사람들이 모여 있었다. 나이 든 사람들이 사진을 찍고, 대학생들은 맥주 캔을 들고 서 있었다. 시선 끝에는 단 한그루의 가로수에 벚꽃이 피어있었다. 밤하늘에 사라져 버릴 듯 색이 연해서 분홍색보다는 하얀색에 가까워 보였다.

그래. 벌써 봄이구나.

봄은 만남의 계절. 어렸을 때부터 몇 번이나 들어와서 익숙한 말이었다. 하지만 어른이 되고 보니 새로운 일은 아무

것도 없었다. 몇 년에 한 번, 신입사원들이 긴장한 얼굴로 회사에 들어오는 일 정도일까.

대학 때부터 만난 남자 친구에게 차이고, 그렇게 열심히 연애 인지학을 배워서 겨우 사귄 데라사키 씨에게는 배신당했다.

사랑에 들떠 있던 사람은 자기뿐이었는지도 모른다. 바보 같았다. 아무도 사랑해 주지 않는다. 내 인생은 이대로 끝인가?

그런 생각을 하다 보니 눈물이 날 것 같았다. 그 순간 정말로 눈물이 났다. 멈추지 않았다. 가방에서 수상쩍은 일을 소개하는 판촉용 티슈를 꺼내 눈을 꾹꾹 눌렀다.

"이래서 당신은 팬케이크 여자라니까."

그 목소리에 손을 뚝 멈췄다.

살짝 고개를 들었다. 진하게 아이 메이크업을 한 또렷한 눈매와 마주쳤다. 안으로 컬을 넣은 보브 헤어. 오동통한 체형에 어울리는 고급스러운 슈트. 미드에 나오는 커리어 우먼 분위기가 풍긴다.

"오랜만이네." 베니코 씨가 말했다. "나를 부르는 소리가 들리더라."

더더욱 울고 말았다. 가모가와강 옆에서 엉엉 울었다. 수많은 슬픔과 여러 가지 감정을 지켜봐 온 이 강물에 마음을 꺼내 던져버리면 좋을 텐데.

베니코 씨는 나를 꼭 안아주었다. "지금은 마음껏 울도록 해. 그 아름다운 눈물을 흘려보내. 이 눈물도 강물에 녹아서 흐르고 언젠가는 바다에 도착할 거야. 그리고 아주 멀리 가겠지."

"어째서…." 나는 축축해진 티슈로 눈물을 닦았다. "베니코 씨는 그렇게 강하면서도 상냥해질 수 있어요?"

베니코 씨는 가모가와강을 바라보았다. 머리카락이 밤바람에 흩날렸다. "여자는 강하지 않으면 살아갈 수 없어. 살아가는 한 상냥한 마음을 잊어서도 안 돼."

제8장

당신을 행복하게 해주는
남자를 선택하세요

깊은 밤, 가모가와강을 따라 북쪽으로 계속 걸어갔다.

밤바람을 맞으며 데라사키 씨와의 연애 전말을 털어놓았다. 베니코 씨는 잠자코 들어 주었다. 밤 12시가 넘어 하천 부지를 걷는 것이 얼마 만인지 몰랐다.

마음이 진정되었을 즈음 데마치야나기에 도착했다. 반짝반짝한 거리의 불빛을 반사하는 강에 유유히 떠 있는 여객선처럼 돌을 쌓아 올려 정비한 가모가와 삼각주가 보였다. 머나먼 상류에서 흘러온 두 줄기의 강이 합류해서 가모가와강의 시작이라고 불리는 지점이었다.

어둠 속에서 강물이 흘러가는 소리를 들으며 한 걸음 한 걸음 징검돌을 건너 그 삼각주의 끝에 섰다.

"그래서, 저는 도대체 무슨 잘못을 저지른 거죠?"

"팬케이크 아가씨." 베니코 씨는 울퉁불퉁한 돌바닥 위를 몇 걸음 걸었다. "자신이 잘못했다고 단정 짓지 마."

"그 사람이 바람을 피웠어요. 내가 어디선가 실패했다고

밖에 생각할 수 없잖아요?"

양옆으로 검게 보이는 강물이 흘러갔다. 그 장소에는 우리 둘뿐이었다. 베니코 씨는 하늘을 올려다보았다. 레몬 맥주 색의 가냘픈 달이 떠 있었다.

"이 얘기는 하지 않길 바랐는데."

"뭔데요?"

"이른바 타이거와 피시 이론이라는 동전의 뒷면." 베니코 씨가 말했다. 그녀의 얼굴은 어쩐지 슬퍼 보였다. "애초에 타이거를 손에 넣기는 왜 어려울까."

"인기 있어서잖아요?" 내가 말했다. "경쟁이 심하니까."

"노."

"아니에요?"

"타이거는 한 사람의 여자한테 정착한다는 발상 자체가 없어."

나는 아주 잠깐 몸이 굳었다. 가녀린 강물 소리만이 들렸다. "네?"

"생물은 유전자를 남기기 위해 살아가지." 베니코 씨가 말했다. "그런데 타이거에게 여자란 열심히 공을 들여야 하는 대상이 아니야. 아무것도 모르는 어린 사슴처럼 자기한테 뛰어드는 존재지. 제멋대로 발톱이나 어금니를 치켜

들기만 하면 돼. 그야말로 '여자가 끊이지 않는 인생'이란 말이야. 그러니까, 생물학적으로 말하면 연인을 만들 이유가 없어. 그래서 타이거는 제 짝을 만들지 않고 유전자를 여기저기 뿌리는 행동을 당연하게 하는 거야."

"자, 잠깐만요."

"야생 호랑이는 일부다처제야."

"그러면…."

"굳이 말해 볼까." 베니코 씨는 목소리에 힘을 주었다. "타이거는 바람을 피워."

머리에 시커먼 얼음덩어리라도 부딪힌 듯했다. 남자는 바람을 피우는 생물이야. 그런 말은 텔레비전 드라마의 대사였다. 알고는 있었다. 그러나 어딘가 먼 세계의 이야기라고, 자신과는 관계없는 어른들의 세계라고 생각했다. 이번 일이 아니면 믿지 않았을 것이다.

"그렇다고 타이거가 전부 바람을 피우는 건 아니야." 베니코 씨가 말했다. "이성을 갖춘 타이거도 있으니까. 하지만 자신의 무기와도 같은 발톱과 어금니에 취해서 숨 쉬듯이 바람피우는 타이거도 있어. 그걸 큰 검 타이거라고 부르지."

나는 다리에서 힘이 빠지는 것을 느꼈다. 바닥이 보이지 않는 깊은 곳으로 떨어질 것 같았다.

"그럼 데라사키 씨는…… 큰 검 타이거였던 거네요?"

베니코 씨는 고개를 끄덕였다. "남자가 큰 검 타이거인지 아니지 쉽게 구분하는 방법은 없어. 끝까지 계속 관찰할 수밖에 없지. 이번에도 데라사키가 어느 쪽인지는 몰랐어. 물론 사귄 다음에도 언제까지나 행복하게 지낼 가능성도 충분히 있었을 거야."

나는 베니코 씨의 재킷을 붙잡았다. 아무것도 믿고 싶지 않았다. 자신의 감정이 무엇인지도 알 수 없었다. 적어도 내가 사는 세상은 좀 더 아름다운 곳인 줄 알았는데.

"도대체 왜 남자들은… 그렇게 쉽게 바람을 피우는 거예요?"

"이 세상에는 두 종류의 남자가 있어." 베니코 씨가 말했다. "바람을 피울 수 있는 남자와 피울 수 없는 남자."

"그건, 어떤 남자라도 바람기가 있다는 말로 들리는데요."

"유전자를 남긴다는 목적으로 보면 그렇지."

"그래도. 맞아, 순정파도 있잖아요?" 내가 매달리듯이 말했다.

베니코 씨는 고개를 저었다. "그것도 연애 인지학에서는 '바람을 피울 수 없는 남자'로 분류해. 남자의 본능은 유전자를 퍼뜨리기 원하지만, 그게 이루어지지 않는 상태에 처했다는 의미니까."

"저기요." 나는 얼굴을 찌푸렸다. "여자를 너무 바보 취급하는 거 아니에요?"

"이런." 베니코 씨가 말했다. "진실을 말하는 게 바보 취급하는 거야?"

"그게 무슨···."

"사랑받는 여자라면 감정적이 될수록 쿨한 척 하도록 해." 베니코 씨는 내 손을 뿌리쳤다. "상대방이 무슨 말을 했는지가 아니라, 무엇을 말하고자 하는지 생각해야지."

나는 눈을 깜박거렸다. "무엇을 말하려는지?"

"너무 냉정하다는 건 알아." 그때 베니코 씨가 손을 떨면서 꽉 쥐고 있는 것이 보였다. "그래도 실제로 바람피우는 남자는 끊이지 않잖아? 오히려 우리가 아는 것보다 훨씬 많을 거야. 그런데도 '남자는 바람 안 피워, 믿어주면 배신하지 않아, 나는 괜찮아'라니 진짜 이상한 생각 아닌가. 안심할 수 있을지는 몰라도 말이야. 그러니까 더더욱 '남자는 전부 생물학적으로 바람을 피우고 싶어 한다, 남자는 바람 피울 수 있는 남자와 피울 수 없는 남자로 나뉜다'라고 생각해 두는 편이 낫지."

"일부러 부정적으로 생각하라는 말인가요?"

"냉정하게 생각하라는 말이야." 베니코 씨는 고개를 끄덕였다. "어느 쪽이 행복해질 것 같아?"

"그건……." 나는 입을 다물었다. 그러나 궁금한 질문을 참을 수 없었다. "큰 검 타이거가 바람피우는 걸 막을 수는 없어요?"

"제로는 아니지. 하지만 그쪽을 권하지는 않아. 본능을 거스를 수는 없으니까. 사막에서 물을 마시지 말라는 말하고 똑같아. 굳이 말하자면, 큰 검 타이거가 정착할 나이가 될 때까지 기다릴 수밖에 없어. 그것조차 장담은 못 하지. 소중한 젊음을 허송세월할 가능성도 있어. 포지션은 최저 수준으로 떨어질 테고."

"그래도 기다린다면……." 나는 자신이 무슨 말을 하고 있는지도 몰랐다. "바람을 참고 기다린다면. 맞아, 바람피울 거면 들키지 말았으면 좋겠다고 말하곤 하잖아요? 그런 어른들의 관계도 있지 않아요?"

나는 잔뜩 경계했다. 그러니까 당신은 팬케이크 여자야, 라는 말을 들을까 봐.

그러나 베니코 씨의 입에서는 뜻밖의 말이 나왔다.

"원하는 대로 해."

나는 골탕 먹은 기분이었다. "어째서요?"

"인생의 원칙을 알려 주지." 베니코 씨는 삼각주 끝에 서서 양손을 펼쳤다. 교토의 밤을 연주하는 지휘자처럼. "자기 인생의 운전석에는 자기가 앉는 거야. 방향도 자기가 책임지고 결정하고. 몇 번을 다시 태어나도 같은 선택을 하고, 바로 여기에 서 있을 거라고 말할 수 있도록 말이야. 그게 산다는 일이니까. 그 핸들을 어느 쪽으로 꺾을 거야?"

나는 고개를 저었다. "모르겠어요."

"생각해 봐." 베니코 씨는 강하게 말했다. "당신 인생이야."

나는 움찔했다. 그러나 그 엄격한 말 속에 상냥함이 느껴졌다.

아직 나의 마음은 데라사키 씨에게 끌리고 있었다. 앞으로도 함께하고 싶다. 하지만 계속 바람피우는 모습을 보며 너덜너덜해진 끝에 맺어진다고 해도 그런 자신을 좋아할 수 있을까.

"어떻게 해야 할지 모르겠어요." 나는 왠지 눈물이 날 것 같았다. "죄송해요. 그런데 어쩐지 자신이 싫어지기만 하고, 왜 그런지 모르겠어요. 그래도 행복해지고 싶어요."

"좋아하는 마음 때문에 혼란스러운 기분은 알아."

"네."

"그런데, 이건 당신이 사랑받는 실험이야." 베니코 씨가
말했다. "그 의미를 알 수 있을까?"

베니코 씨의 표정은 진지했다. 그 눈빛에 떠밀리듯 자신
의 마음속으로 깊이 들어가 생각에 잠겼다. 발바닥에 울퉁
불퉁한 돌바닥의 감촉이 느껴졌다. 강을 따라 늘어선 거리
를 바라보자, 모두가 잠들어 고요한 풍경 속에 창이나 가로
등이 어슴푸레 빛나고 있었다. 가모가와강이 흘러가는 소
리만 들렸다.

그 수면에 떠올리듯이 이것은 내가 사랑받는 실험이야,
라고 말해 보았다.

우리는 사랑받고 싶다, 사랑받고 싶다고 입버릇처럼 부
르짖는다. 마음속에 버슬버슬한 사막이라도 있는 것처럼.
그런데 그 말의 진짜 의미는 무엇일까. 나는 무슨 실험을
했던 것일까. 사랑받는다니… 누가?

그때 나는 깨달았다. 순간 자신도 그 의미를 알 수 없었
다. 마음을 진정시키려고 떨리는 손으로 복숭아 민트 한 알
을 꺼내 파삭 깨물었다.

"베니코 씨." 내가 말했다. "나는 지금까지 나를 사랑해 줄 남자를 찾아왔어요. 그게 사랑받는 실험이라고 생각해서. 그런데 연애 인지학이, 아니 베니코 씨가 가르쳐준 것은 사실은, 진짜 의미는 그것만이 아니었네요."

베니코 씨는 아무 대답이 없었다. 어딘지 알 수 없는 어둡고 먼 강물 위에서 바람이 불어와 나와 베니코 씨의 머리카락을 흩날렸다. 그것은 누군가의 손가락처럼 그리운 느낌이었다. 나는 입을 열었다.

"사랑받는 실험은 '내가 나를 사랑하는 실험'이었네요."

눈앞에 솟은 가모 대교와 강 건너편 도로에는 이따금 자동차 불빛이 빠르게 지나갔다.

주위는 고요했다. 그러나 소리가 없지는 않았다. 오히려 가모가와강은 다채로운 소리를 연주하고 있었다. 그 소리 하나라도 놓치지 않으려고, 그 흐름에 지지 않으려고 귀를 기울였다.

"타이거와 피시 이론." 베니코 씨가 말했다. "이 세상에서 살아가는 한 여자는 어느 한쪽을 골라야만 해. 그런데 본능은 타이거한테 끌리고 말지. 난이도가 높고 큰 검 타이

거가 숨어있을 가능성도 있어. 그에 비하면 피시를 넘어오
게 하는 건 쉽지. 바람도 피우지 않고 소중하게 대해줘. 하
지만 설레는 상대라고 말하기는 어려워."

"밸런스 게임 같네요." 나는 고개를 저었다. "여전히 정
답은 모르겠어요."

"거기서 본질을 봐야 해."

"본질?"

"이것도 동전의 뒷면." 베니코 씨는 오른손 손바닥을 뒤
집었다. "타이거와 피시 이론은 어디까지나 '연애 시장의
등급'을 분류한 것에 지나지 않아. 결코 '인간으로서의 등
급'이 아니야. 예를 들어 집에 처박혀서 스마트폰으로 악플
이나 써대는 타이거도 있는가 하면, 퇴근한 뒤에 꿈을 향해
열심히 노력하는 피시도 있겠지. 피시 중에는 똑똑한 남자
도, 능력 있는 남자도, 잘만 다듬으면 잘생긴 남자도 있어.
또 자상한 남자나 삶의 지혜가 풍부한 남자도 있을 거야."

나는 과거의 여러 만남을 떠올렸다. 학교, 동아리, 회사,
이벤트, 미팅, 소개팅, 파티 등에서 만난 남자들의 얼굴이
여럿 지나갔다. 대부분 제대로 알아보지도 않았다. 그 남자
들도 자신의 인생이나 일이 있고 열정을 쏟는 대상이나 무

언가 소중한 것이 있었을 텐데.

"아아, 이제 정말 머리가 터질 것 같아요." 내가 말했다.
"팬케이크 여자인 나는 이제 어떻게 하면 되죠."

"아직도 모르겠어?" 베니코 씨는 싱긋 웃었다. "일류 감
정가는 말이야. 사람들이 눈독을 들이고 누구나 모여드는
물건이 아니라, 아무도 가치를 몰라보는 좋은 물건을 노리
는 거야. 즉, 여자들이 몰려드는 타이거가 아니라 다른 여
자가 가까이 가지 않는 피시 중에서 빛나는 남자를 찾아내.
이것이 연애 인지학의 '트로피컬 피시 전략'이야."

"트로피컬 피시." 나는 침을 삼켰다. "열대어요?"

"그런 남자들은 경험도 별로 없고 자기가 여자한테 다가
가지도 못해. 쉽게 독점할 수 있지. 다른 여자도 없으니까
식은 죽 먹기야. 그냥 연애 인지학 스킬대로만 하면 돼. 살
짝 조정해서." 베니코 씨는 발밑에 있는 돌멩이를 주웠다.

"조정?"

"연애 인지학 스킬은 생물학이나 심리학을 바탕으로 해.
그러니까 에도 시대로 타임 슬립을 해도 통하는 불변의 법
칙이야. 다른 과학 법칙이나 마찬가지지. 다만 상대나 상황
에 맞춰서 조금 조정할 필요는 있어. 예를 들어 외국인 남
자한테 접근하려면 연애 인지학 스킬을 그 나라의 언어나

분위기에 맞춰야 하지 않겠어?"

"그야, 언어도 분위기도 제각각이니까요."

"그러니까 피시를 상대로 하더라도 조정을 해야지." 베니코 씨는 돌멩이를 30센티 정도 위로 훌쩍 던졌다가 잡았다. "피시 입장에서는 여자가 대시했다는 사실 자체가 강렬한 체험이 될 수 있어. 여자의 관심이 처음일지도 모른다는 예상도 해 둬."

"어, 내가 대시하는 게요? 강렬한 체험? 라인으로 데이트 신청만 해도요?"

"태어나서 줄곧 바닷속에 살던 물고기는 인간의 체온만으로도 화상을 입어."

낚시한 물고기를 손으로 잡는 상상을 해보았다. 따뜻한 체온일 뿐인데 화상이라고. 이성에게 대시받는 일은 분명 매우 긴장되는 일이겠지.

"알겠어?" 베니코 씨는 돌멩이를 쥔 채 집게손가락을 세웠다. "여자에 익숙하지 않은 피시한테는 여자가 다가온다는 사실 자체가 임팩트 있는 사건이야. 그것만으로도 설레서 밤에 잠도 못 잘 걸. 연애 스킬로 삼아도 될 정도야. 이걸 '애타는 물고기의 생체 반응'이라고 불러."

"무슨 가을 요리 이름 같네요."

"불 조절이 중요해." 베니코 씨가 고개를 끄덕였다. "연애 스킬 대부분이 향이 강한 외국 요리처럼 너무 자극적일지 모르니까 조심해야 해. 잘못하면 혼란만 가져오거나 소화불량에 걸리거든. 뭐든지 지나친 것보다는 부족한 편이 훨씬 낫지. 어차피 피시를 노리는 라이벌은 없으니까 침착하게 하면 되는 거야. 그저 다가가기만 해. 그리고 낚싯대를 늘어뜨리고 기다리는 거지."

"알겠는데요, 근데 그런 트로피컬 피시가 때맞춰 나타나지는 않는데요."

"어머." 베니코 씨는 돌멩이를 강으로 던졌다. "다 타고 있는 거 안 보여?"

나는 눈을 깜박거렸다. 그리고 잠시 뒤 가방 속 스마트폰을 보았다.

"혹시 야나기 씨말이에요?" 내 목소리가 커졌다. 생각해보니 야나기 씨의 데이트 신청도 나의 연애 인지학 실험 때문에 발생한 애타는 물고기의 생체 반응이라는 사실을 깨달았다. "하지만 그냥 피시잖아요? 평사원인데요."

"알겠어?" 베니코 씨는 집게손가락을 세웠다. "그 남자가 트로피컬 피시인지 아닌지는 단지 하나의 기준으로 결정돼. 그건 자산이나 재능, 외모를 감추고 있느냐가 아니야. 오히려 모든 남자가 트로피컬 피시라는 꿈을 꾸지. 그러니까 어떤 남자든 '당신만의 트로피컬 피시'가 될 가능성은 있는 거야."

"그 기준이 도대체 뭐예요?"

나는 한밤중의 가모가와강을 바라보며 나직이 물었다. 달빛 아래 강 맞은편으로 데마치야나기 역이 어렴풋이 보였다. 게이한 전철의 출발역이자 도착역이 고요히 잠들어 있다.

"그걸 깨닫는지는 당신한테 달렸지." 베니코 씨는 어둠 속에서 조용히 말했다. "당신을 행복하게 해줄 수 있는지 어떤지 말이야."

열흘 뒤, 나는 밤 9시가 막 되었을 때 고코마치에 있는 카페의 문을 열었다.

자리에서 커피를 마시고 있으니 만나기로 한 사람이 5분 정도 늦게 들어왔다. 그 순간, 입구 쪽 테이블에 앉아 있던 여자들이 그 방향을 쳐다보았다.

"늦었어." 데라사키 씨는 슈트를 입고 있었다. "갑자기 상사가 스마트폰이 고장 났다나 뭐라나 하잖아. 출장 가야 한다면서. 그래서 다 같이 고칠 방법을 찾느라 좀."

두 사람 사이에는 아무런 문제가 없습니다, 라는 말투였다. 정말 이대로 내가 장단이라도 맞추면 그렇게 될지도 모른다. 다른 여자들한테는 행복한 커플로 보일 것이다. 그리고 나는 꽃미남 애인을 쟁취한 여자일 테고.

"그래서 고쳤어?"

"완벽하게. 뭐, 동료가 방법을 찾아서 고친 거지만. 열심히 하면 해결되는 거지."

"대부분은 그렇겠지."

"그렇지?" 데라사키 씨는 웃으면서 메뉴를 집었다. "추우니까 나도 커피로 할까."

그 목소리와 숨소리만 들어도 두근거렸다.

그래서 다시 한번 좋아할 수 있을지 생각해 보았다. 대답은 예스인지도 몰랐다. 하지만 다시 한번 사랑을 할 수 있을지 생각해 본 순간, 내 마음속에서 무언가, 이제는 두 번 다시 돌아오지 않을 무언가가 이미 사라져 버렸다는 사실을 깨달았다. 나는 약해지려는 마음을 물리칠 수 있을 듯했다.

"얘기도 좋은데." 내가 말했다. "얼른 돌려줘."

그 말에 데라사키 씨는 놀란 듯했다. 내 얼굴을 본 다음 무언가를 알아차린 표정으로 종이봉투를 꺼냈다. 화장품 이나 옷 등이 들어 있었다.

"저기." 데라사키 씨가 말했다. "있잖아."

"왜?"

"다음에 호텔 점심 뷔페 먹으러 가자. 엄청 멋진 데 발견 했어."

평소의 다정한 표정이었다. 커피에 설탕 한 스푼을 넣으 니 표면이 흔들렸다. 무심코 연애는 몰라도 친구로서 같이 있고 싶어졌다. 이런 분위기를 계속 느끼고 싶다. 적어도 다음 사랑을 찾기 전까지는 어떨까.

하지만 여기서 강해지지 않으면 안 된다. 그래. 나는 사 랑받는 여자니까.

"그래, 다음에." 나는 억지로 웃었다. 그리고 천 엔 지폐 를 놓고 자리에서 일어났다. 코트를 입으면서 데라사키 씨 의 얼굴을 보았다. 문득, 다른 말이 좋을 듯했다. "잘 있어."

밖으로 나왔다.

마지막으로 유리창 너머 자신이 앉았던 자리로 시선을

던졌다. 데라사키 씨는 힘이 빠진 모습으로 멍하니 컵을 바라보고 있었다. 결코 여자를 행복하게 해주지 못하는 큰 검 타이거의 모습이었다. 이 사람은 앞으로도 지금처럼 살아갈지 모른다.

추워서 코트 단추를 잠갔다. 걸어가면서 종이봉투를 들여다보았다. 그런데 봉투 안에는 하얀 리본에 묶인 낯선 갈색 상자가 들어있었다. 외국 초콜릿이었다. 어쩔 셈으로 넣어둔 건지 알 수 없었다. 화해하자는 의미일지도 모른다. 답은 영원히 알 수 없을 것이다.

꼼꼼하게 개어둔 타월과 셔츠를 만져보았다. 이 세제나 방에서 나던 냄새를 맡을 때마다 말할 수 없이 달콤하고 애틋한 감정에 휩싸이겠지. 그럴 때마다 이 순간을 떠올리겠지.

고코마치는 카페가 많은 거리다. 교토에서 살면 어느 카페를 봐도 떠오르는 기억이 있다. 창문으로 비치는 불빛을 몇 개나 지나쳐 갔다. 여러 가지 추억을 회상하며 걸었다.

고마워. 당신 덕분에 사랑에 관해 조금은 알 수 있었어.

그날은 일 년에 한 번 옥션이 있는 날이었다.

3일 동안 열리는 옥션 전시장에는 거래처 고객들이 찾아와서 각각의 감정 결과나 취향을 바탕으로 입찰을 한다. 한지에 붓으로 번호와 금액을 써서 반들반들한 검은색 옻나무 통에 넣는다. 입찰이 많을수록 상사와 사장의 얼굴에 웃음이 번진다.

이날만큼은 회사 직원들도 총출동이었다. 야나기 씨를 비롯한 영업사원들은 고객이 올 때마다 달려가서 큰 소리로 인사했다. 목소리가 작으면 나중에 핀잔을 듣는다. 그 열기는 5백 년 전의 오닌의 난 같은 전쟁터를 방불케 했다. 선배 영업사원들은 미술품 해설이 막힐 때마다 야나기 씨를 불렀다.

"활약이 대단하네." 내가 말했다. "역시 큐레이터 지망생."

"아니야, 뭘." 야나기 씨는 왠지 기운이 없었다. 이유를 물어볼 새도 없이 상사가 부르는 소리에 급히 달려갔다.

총무부인 나도 바쁘게 움직이며 낯익은 손님이 올 때마다 그림이나 서적의 표지, 골동품 등을 해설하며 돌아다녔다. 어느 시대의 작가가 어떤 마음으로 작업을 하고, 그 작품에는 무슨 의미가 담겨있는지를 설명했다.

예전에는 긴장해서 목소리도 잘 나오지 않았는데 시원시원하게 말할 수 있었다. 교토시 의회 의원이나 전통 요릿집 후계자, 지역 화과자점 경영자, 연예 관계자가 와도 긴장하지 않았다. 오히려 아이 콘택트를 하면 상대방이 눈을 피했다.

"저기, 자네. 이건 무슨 의미지?" 옥션 마지막 날, 누군가가 나를 불러 세웠다.

회사하고 오랜 인연이 있는 교토시 의회 의원이었다. 벽옆에 잔뜩 긴장한 선배가 서 있었다. 의원이 비서와 함께 보고 있던 작품은 옛날 한자로 쓰여 있어서 읽기 어려운 교토 출신 여류 시인의 글이었다. 나는 영업부가 준비해 둔 해설을 읽었다. 그 내용은 먼 옛날의 사랑 이야기로 해설에는 이렇게 쓰여 있었다.

일찍이 그녀에게는 사랑하는 사람이 있었다. 그런데 그 상대와 맺어지지 못했다. 그에게는 따로 마음을 준 상대가 있었기 때문이다. 어째서 좋아하는 사람의 마음을 얻는 것이 이리도 어렵단 말인가. 알 수 없다. 지금에 와서는 그 소박한 질문만이 백년 후의 세상에 이렇게 남아있다.

"멋진 해설이야." 아버지뻘인 교토시 의회 의원이 말했다. "살아있는 과거. 교토 그 자체를 표현하는 듯해. 그 해설 누가 썼는지 알 수 있겠나?"

"저희 회사 영업부 사원입니다."

"마음이 담긴 좋은 문장이야"라며 의회 의원은 내 얼굴을 보았다. 그리고 깜짝 놀란 표정을 지었다. "무슨 일이라도 있나?"

"네?" 나는 고개를 갸웃했다.

"그게." 의회 의원은 머뭇거렸다. "자네, 울고 있지 않은가."

나는 눈을 살짝 만졌다. 젖어 있었다. 순간, 무슨 일이 일어났는지 몰랐다.

그러나 곧, 나는 상처받았구나, 하고 깨달았다. 그렇게 진심으로 좋아하던 상대에게 배신당했다. 강한 척했지만 역시 상처받은 것이다. 그렇게 느끼자 멈출 수 없었다.

미술품 전시장 한가운데 서서 두 손으로 얼굴을 감싸고 말았다. 그 자리에서 도망칠 수도 없었다. 손님과 상사는 오히려 걱정해 주었다. "죄송합니다" 하고 자리를 떴다.

직원용 통로에서 비상구를 열었다. 외부로 통하는 썰렁한 비상계단이 있었다. 바람을 맞으며 덜컹거리는 철제 계단을 이유도 없이 올라갔다. 사회인 실격이다. 이렇게 중요한 때에 눈물을 터뜨리다니 한심하기 그지없었다. 그런데도 눈물은 멈추지 않았다.

그때 등 뒤에서 발걸음 소리가 들렸다. "미, 미호 짱."

그 소리에 흠칫 놀랐다. 아래를 내려다보니 야나기 씨가 쫓아오고 있었다. 나는 도망치듯 위로 뛰어올라갔다. "제발, 올라오지 마."

"어째서." 야나기 씨는 계단을 올라오며 소리쳤다. "나는 의지가 안 돼?"

"그런 게 아니야." 나는 계속 올라갔다.

"나도 알아. 이럴 때 그럴듯한 말도 못 하는 남자라고. 촌스럽고, 여자 마음도 모르고, 맨날 위나 아프다고 하고."

나는 다시 위로 올라갔다. "그만 좀 따라와."

"그래도 미호 짱이 행복해졌으면 좋겠어."

"제발." 내가 말했다. "올라오지 말라니까."

"나로는 안 돼?"

"그게 아니라니까." 나는 소리쳤다. "화장도 지워지고,

우는 모습 보이고 싶지 않아."

그때 발걸음 소리가 멈췄다. 스무 계단쯤 떨어진 층계참에서 나는 등을 보이고 서 있었다. 비상계단의 난간을 교토의 바람이 빠져나갔다.

"저기, 있잖아." 야나기 씨가 소리쳤다. "솔직히, 나는 남자로서 가망이 없습니까?"

대답을 할 수 없었다. 나는 등 뒤로 난간을 붙잡은 채 몸이 굳었다.

"그러니까." 야나기 씨는 마음속을 확인하듯 또박또박 말했다. "얘기도 정말 잘 통하고 멋진 사람이라고 생각합니다. 오늘 계속 긴장하는 바람에 내가 좀 이상하긴 했는데. 저, 그게, 혹시 괜찮다면 나하고 사귀지 않겠습니까?"

"뭐, 나?"

그만 입에서 엉뚱한 말이 튀어나왔다. 울고 있는데 고백을 받다니. 혼란스러웠다. 안 그래도 이렇게 진지한 사랑 고백은 받아본 적도 없었는데. 내 사전에는 이럴 때 대답할 멋진 말 따위는 없었다.

"안 되는 거야?" 야나기 씨는 머리를 긁적였다. "그럴 줄 알았어."

"아니⋯⋯."

"미호 짱은 인기 많으니까."

그 말에 쿡 하고 웃고 말았다. 얼굴이 뜨거워졌다. 이제
는 기쁜지 슬픈지도 알 수 없었다. 고개를 젓고 눈에 손을
대보았다. 더는 슬픔의 눈물이 아니었다. 야나기 씨와 있을
때는 언제나 웃는 것 같다.

"뭐야, 여기 비상계단이잖아? 뭐라고 하는지 잘 들리지
도 않아. 좀 더 분위기 있는 데서 고백하라고."

그러자 계단 아래쪽에서 아무 소리도 들리지 않았다. 내
려다보니 야나기 씨는 멈칫거리며 서 있었다. 이런 상황을
어떻게 받아들여야 할지 헷갈리는 모양이었다. 역시 피시
다. 그래도 지금 나에게는 어쩐지 화려하게 빛나 보인다.

"아, 진짜." 내가 말했다. "듣고 있어?"

"핫." 야나기 씨가 놀란 듯했다. 여전히 '핫'이라고 내뱉
는 사람은 처음이었다. "미안."

"다른 사람이 오면 창피하니까 일단 가줘."

"정말 미안해. 나란 사람은⋯."

"괜찮아." 내가 말했다. "아, 그런데."

계단을 내려가려던 야나기 씨는 뒤돌아보았다. 힘이 빠진 표정이었다.

"오늘 끝나고 나면 둘이 또 마시러 가자."

그러자 야나기 씨는 바보처럼 웃는 얼굴이 되었다. 그런 다음 힘껏 자세를 고치고 "감사합니다" 하고 머리를 숙였다. 그 목소리가 비상계단에 울려 퍼졌다. 나는 또 웃고 말았다. 이렇게 웃을 수 있는 자신이 마음에 들었다. 사랑하는 것 같았다.

3일간의 옥션은 성공적으로 끝났다. 기온에 있는 요릿집에서 회식하는 동안 야나기 씨는 사장이나 상사의 취한 모습을 보면서 주는 대로 사케를 마시는 중에도 안절부절못하고 있었다.

"야나기, 한 건 했네." 영업부 선배가 야나기 씨에게 맥주를 따라주었다. "그거, 의회 의원이 높은 가격을 매겼다니까. 그 여자 시인 작품."

"네, 정말이요?" 야나기 씨가 얼굴을 붉혔다.

"그분이 해설문 쓴 직원하고 만나고 싶다고 하더라. 가까워질 기회야. 다음에는 3백만 엔짜리 도자기라도 팔아넘기라고. 농담만은 아닌 거 알지?"

"알겠습니다." 야나기 씨는 웃었다.

"그 해설, 시간 많이 들여서 계속 수정했었잖아."

"네." 야나기 씨는 잔을 들여다보았다. "사람을 좋아하는 마음은 알고 있으니까요. 그 시인의 연정을 담은 글만이라도 행복해지길 바랐거든요."

그 말을 듣던 사람들이 갑자기 조용해졌다. 저마다 생각에 잠긴 듯했다. 그러자, 이 녀석 사랑에 빠진 거 아니야, 라며 선배가 맥주를 따라 야나기 씨에게 원샷을 시켰다. 그때 야나기 씨와 눈이 마주쳤다. 그는 시선을 피하고 안절부절못하며 위장약을 꺼냈다. 그래서 나도 어쩐지 안절부절 못했다.

가볍게 들뜬 기분 그대로 시간이 흘러갔다. 2차, 3차 하며 끌려갈 뻔한 것을 피해 우리는 당연한 듯 둘이 기온 거리를 걸었다. 돌바닥 위에는 달그림자가 늘어졌다. 둘 다 말이 없었다. 발걸음 소리만이 울렸다.

"다들 아침까지 마시려나."

"체력도 좋아."

"대단해. 나는 벌써 위가 아픈데."

"엄청 받아 마셔서 그래."

어색한 대화만 이어졌다. 언제 고백해 줄까. 하지만 생각해 보니 오늘은 피곤하기도 하고, 즐거운 날인데 억지로 분위기를 바꾸지 않아도 괜찮겠지. 나중이라도 상관없다. 오히려 고백받은 다음에 결정해야 하는 것도 두렵고.

그때, 기온의 밤에 감싸인 채 누군가와 스쳐 지나갔다. 여자인 것 같았다. 그 사람은 옆을 지나쳐 가는 순간, 그러니까 당신은 팬케이크 여자야, 라고 속삭였다.

설마 하고 나는 고개를 돌렸다. 그곳에는 돌이 깔린 길이 있을 뿐 아무도 없었다.

"왜 그래?" 야나기 씨가 말했다.

"아무것도 아니야." 나는 고개를 저었다. 그리고 잠시 생각했다. "있잖아, 그다음 얘기 안 해줘?"

"어? 그다음?"

"도망치지 마." 내가 말했다. "인생은 리액션이 아니라 액션이야."

그러자, 몇 걸음 걷다가 야나기 씨는 발을 멈췄다. 나도 멈춰 서서 마주 보았다.

그 순간 전부 알 수 있었다. 지금 야나기 씨의 입에서 무슨 말이 나올지, 그리고 두근두근 뛰는 이 마음속에 있는 대답이 무엇인지도.

나이가 몇 살이든 연애는 어렵다. 하지만 아무리 사랑 때문에 고민해도 마지막에 단 한 사람의 상대를 만난다면, 오셀로가 탁탁 뒤집히는 것처럼 그때까지 겪은 모든 일은 행복으로 가기 위한 통과 의례라고 말해도 되지 않을까. 눈앞에서 남자에게 사랑 고백을 받으며 은색으로 빛나는 교토의 달빛 아래에서 그런 생각을 했다.

다음 일요일, 우리는 게이한 전철 종점에서 만났다.

데마치야나기 역 개찰구를 나와 주택가를 따라 북쪽으로 빠져나가자 다다스의 숲이 있었다. 절대 헤맬 수 없을 정도로 곧게 뻗은 자갈길을 마냥 걸었다. 교토시 안에 있는 푸른 세계였다. 하얀 니트 스웨터와 날씬한 청바지를 입은 나는 그 세계로 들어섰다. 발밑에서 자갈돌 소리가 났다.

"교토는 좋아." 나는 숲속 공기를 들이마셨다. "한번 살기 시작하면 떠날 수 없어."

"맞아."

"꿈같은 곳 아니야?"

"꿈이라." 야나기 씨는 나뭇잎이 사락거리는 풍경을 보았다. "용궁 같다고 항상 생각해."

"무슨 말이야?"

"어쨌든 마음이 편하다고. 정신 차리면 어느새 나이가 들었을 것 같아."

"그럼 너무 치사한데." 나는 야나기 씨의 시선을 느꼈다. "왜 그래?"

"아, 그 립스틱 색깔 예쁜 것 같아서."

"고마워." 나는 숄을 다시 가다듬었다. 부끄러움을 감추려고. 시선을 떨어뜨리니 나무 아래로 작은 개울이 보였다. 드문드문 벚꽃잎이 떠 있었다. "있잖아."

"응?"

"용궁에는 다양한 물고기가 있을까."

"당연하지. 도미나 고등어도 있고 컬러풀한 열대어도 있을 걸."

나는 그만 키득키득 웃었다. 이유를 물어도 대답할 수 없었다.

숲을 빠져나가자 신사를 상징하는 붉은 색 도리이가 나타났다. 그 안에 당당하게 우뚝 선 사쿠라몬 문도 보였다. 2천 년 전부터 존재한 시모가모 신사였다. 우리는 말없이 걸어갔다. 물이 나오는 곳에서 차가운 물로 손과 입을 깨끗이 한 다음 천천히 경내를 둘러보았다. 안쪽에 배례를 하는 곳이 있었다.

그 앞에서 야나기 씨는 정성껏 손을 모았다.

"뭘 빌었어?" 나는 옆에서 쳐다보았다.

"핫." 야나기 씨가 눈을 떴다. "아니, 아무것도 아니야."

나는 웃었다. 새전함에 동전을 넣고 탁탁 손뼉을 부딪쳤다.

눈을 감고 두 손을 모았다. 솔직히 이제는 빌고 싶은 것도 없었다. 그러나 잠시 생각한 뒤에 나는 이렇게 빌었다. 있잖아요. 우리는 항상 사랑 때문에 헤매기만 하는데, 그래도 행복해지려고 노력할 테니까 부디 이 세상에 사랑받는 여자가 사라지지 않도록 해주세요.

더욱더 사랑받는 실험을 시작하자

연애 인지학
스페셜 레슨

제1조
행복한 사랑을 위한 교과서

연애 인지학은 '연애의 기초 모델'이다.

연애하기 전에 우선 알아두면 좋을 내용이 담긴 연애 교과서라고 할까. 만약 연애 교습소가 있다면 그 교본이라고 생각하면 이해하기 쉬울 것이다.

얼핏 보면 연애 스킬을 전부 모아놓은 것처럼 보일지도 모른다.

하지만 그렇지 않다.

연애 인지학은 원래 연애 스킬을 몸에 익혀서 그 본질인 '인기 있는 여자의 마인드'를 갖추는 것이 목적이다. 중요한 것은 스킬보다 마인드(당신의 성장)다. 잊지 말자.

연애 인지학을 사용한다고 해서 어떤 연애든지 백 점을 맞을 수 있다는 말은 아니다.

그러나 어떤 연애라도 85점 이상은 받을 수 있다. 심리학과 생물학을 근거로 '남자의 마음을 간파하기' 때문이다.

물론 연애나 커뮤니케이션이 설명한 대로 흘러가지는

않는다. 연애 인지학을 사용하려다 예상치 못한 일에 맞닥뜨리기도 한다.

- 생각지 못한 때에 메시지가 왔다
- 작전대로 대화를 진행하지 못했다
- 갑작스러운 일 때문에 스킬이 중단됐다.

위와 같은 상황뿐만 아니라 연애 스킬을 배운 대로 적용하지 못해서 어쩔 줄 모르고 패닉에 빠질 수도 있다.

하지만 당황하지 말 것.

오히려 '연애에는 뜻밖의 일이 발생하기 마련'이라고 생각해야 한다. 그러면 돌발 상황이 생겨도 여유 있게 대처할 수 있다.

그러기 위해서는 연애 스킬을 외우기만 해서는 안 되고 그 목적과 본질을 이해해야 한다. 스킬에는 저마다 목적이 있다는 사실을 꼭 기억해 주기 바란다.

예를 들어 '인기 있는 여자의 읽씹'을 생각해 볼까.

이것은 포지션을 얻기 위한 스킬이다. 따라서 아무 때나 메시지를 읽씹하는 것이 정답은 아니다. 이미 자신의 포지션이 단단하고 가까운 사이라면 굳이 사용할 필요도 없다.

처음에 말한 교과서 비유로 돌아가 보자. 전달하고 싶은 것은 딱 하나이다. 부디 책장을 넘기며 곧이곧대로 외우기만 하고 끝내지 않기를 바란다. 그 속에 담긴 '이 행동의 목적은 무엇인가?'까지 몸에 익혀야 한다. 그러면 어느새 응용문제도 풀 수 있을 것이다.

중요한 것은 '인기 있는 여자의 마인드'를 내 것으로 만드는 것. 인기 있는 여자처럼 행동해서 진정으로 인기 있는 여자가 되는 것이 연애 인지학이 추구하는 목표이다.

학교나 직장에 좋아하는 사람이 있을 때

다양한 커뮤니티에서 연애에 성공하는 방법.

술자리, 미팅, 학교, 동아리, 직장 등 커뮤니티 안에서 연애하는 방법을 알아보자.

먼저 일대일과는 다른 연애 스킬이 필요하다. 주변에 다른 사람도 있기 때문이다. 그들과의 커뮤니케이션(심리 관계)도 연애에 영향을 미친다.

주위를 신경 쓰지 않고 재빨리 데이트를 신청해서 단기간에 승부를 보는 방법도 있다. 그러나 연애에 매우 익숙한 사람이 아니라면 다음 사항을 염두에 두는 편이 안전하다.

① 분위기를 자기편으로 만든다
② 커뮤니티 안에서 가치를 높인다

크게 나누면 이 두 가지이다. 순서대로 설명해 보자.

① 분위기를 자기편으로 만든다

일단 모든 사람을 자기편으로 만들 것.

그러기 위해서는 자기만 돋보이려고 행동해서는 안 된다. 미팅에서도 주변을 무시하고 자기가 노리는 상대에게만 말을 거는 사람이 있다. 그러나 결국에는 눈총만 받고 끝나기 십상이다. 분위기 파악을 못 했기 때문이다.

오히려 반대로 행동해 보자.

기본은 대화의 적절한 분배이다. 자기가 먼저 나서서 모두가 알 수 있는 화제를 꺼내고, 혹시 대화에 참여하지 못하는 사람이 있다면 말할 기회를 만드는 등 배려심을 발휘하는 것이다.

자기 이야기만 하고, 제멋대로 굴고, 좋아하는 사람에게 직진하는 등 눈에 띄고 싶은 마음은 이해한다.

그러나 꾹 참고 이왕이면 사람들이 이야기할 수 있도록 배려하자. 예능 방송의 사회자라고 생각하면 쉽다. 말하는 사람은 게스트지만 마지막에 존경받는 쪽은(포지션이 올라가는 사람은) 바로 사회자이다.

즉 '인기 있는 여자는 분위기를 파악할 뿐만 아니라 이

끌어가는' 사람이다.

분위기를 이끈다는 말은 '좋은 분위기를 만들기 위해서 행동하는 것'이다. 그래서 "아, 이 사람은 다른 사람을 위해서 노력하는구나"라는 인상을 준다.

그러면 그 자리의 분위기가(사람들의 심리가) 당신을 응원하는 방향으로 움직인다.

대놓고 좋아하는 사람과 연결해 준다는 의미는 아니다. 무의식적으로 당신을 치켜세우는 말을 하거나 의견이 나뉘었을 때 편을 들어주게 된다. 또는 다른 만남의 자리에

불러주거나 정말 좋은 남자를 소개해 주기도 한다는 뜻이다. 이 사람이 행복해졌으면 좋겠다고 자연스럽게 호감을 품게 된다.

아무튼 '눈앞의 이익을 좇는다(다른 사람에게 손해를 떠넘긴다)'는 발상을 버릴 것. 연애 인지학의 '이기주의 금지 이론'이다.

분위기를 지배하는 것이 바로 커뮤니케이션을 지배하는 것이다.

② 커뮤니티 안에서 가치를 높인다

연애 인지학은 '가치 있는 여자인 척'을 통해 남자의 본능에 호소하는 기술이다.

이것은 커뮤니티 연애에도 해당한다. 인간은 사회적인 동물이기 때문이다. 그 집단에서 가치가 높은 사람이 될 것. 그래서 목표물의 본능을 자극한다.

구체적으로는 사회적인 평가를 올리는 것이다.
일에서 성과 올리기, 교실에서 인기인 되기, 동아리에서 중요한 사람 되기, 취미로 존경 받기, 연봉 올리기, 유명해지기, 한 분야에서 두각을 나타내기 등이 해당한다. 다른 남자들에게 인기를 얻는 것도 가치를 올리는 방법이다. 처음에 말한 '① 분위기를 내 편으로 만든다'도 마찬가지다.

사람들의 칭찬이나 동경의 눈빛은 목표물에 그대로 전달된다. 이른바 '다른 사람이 인정하는 대상을 원한다'라는 심리다.

당신도 그런 경험이 있을 것이다. 연예인이 사용하는 화장품을 사고 싶고, 사람들이 줄 선 카페에 똑같이 서고 싶은 마음과 마찬가지다. 그러므로 당신도 '다른 사람이 인정하는 존재'가 되는 것이 효과적이다. 주위에서 원하는 존재가 되도록 하자.

먼저 주어진 일이나 생활, 공부를 열심히 하는 것부터 시작해 보자.

특히 여성이 '사랑한다, 사랑받는다'라는 가치 기준에 집중하는 데 비해 남성은 '존경한다, 존경받는다'라는 기준을 중시하기 마련이다. 따라서 당신이 하는 노력은 남자의 마음을 움직일 것이다.

그런데 이 법칙은 어쩐지 재미있지 않은가. 연애에 매진하는 것도 좋지만, 자신의 인생을 제대로 살아가는 것이 돌고 돌아서 사랑을 이루는 일이 되기 때문이다.

우리는 사랑을 하면서도 자신의 삶을 열심히 살아가야 하는 운명인 셈이다.

아무도 가르쳐주지 않는 '호감 신호' 철저 분석

뒤에 호감 신호 리스트를 소개한다.

대면 편과 메신저 편으로 나누었다. 때로는 공통될 때도 있다. 메신저의 호감 신호가 직접 만났을 때의 대화에도 그대로 나타나는 느낌이다.

호감 신호 중에서 다섯 개 이상 해당한다면 높은 확률로 당신에게 신경을 쓰고 있다는 의미다. 주의를 기울이며(강약 조절은 필요하다) 그대로 다가가도 된다.

그리고 이 호감 신호는 남녀 공통이다.

즉, 자신이 호감 신호를 내보내고 있지 않은지 체크 할 수 있다. 좋아하는 사람 앞에서 자기도 모르게 표정이나 태도에서 티를 내고 있는지도 모른다.

그러나 너무 티가 나게 행동하면 "이 사람은 나를 좋아하는구나"라고 들켜서 포지션이 내려가므로 주의해야 한다. 남자는 '손에 들어왔다고 생각한 순간 시들해진다'라는 본능이 있기 때문이다.

연애가 무엇인지 노골적으로 표현하면 '자기는 호감 신호를 드러내지 않도록(살짝 드러내거나) 하면서 상대방의 호감 신호를 끌어내는 게임'이라는 면도 있다.

여기서 소개하는 호감 신호를 머릿속에 넣어두기 바란다. 눈치챌 때가 반드시 있을 것이다. 날마다 메시지가 오고, 답을 안 해도 또 보내고, 바로 다음 데이트를 잡고 싶어 한다. 달리 데이트 하는 남자가 있는지 신경 쓰고, 괜히 장난삼아 찔러보면 "따로 연락하는 여자는 없어!"라고 불쑥 화를 내는 식이랄까. 꼭 비교해 보자. 연애는 '어떻게 대시할까'보다 '어떻게 관찰하는지'가 더 중요하다.

호감 신호 대면 편

- [ ] 불쑥 얼굴을 마주치면 눈을 피한다
- [ ] 얼굴이 빨갛다
- [ ] 몸을 앞으로 기울이고 있다 (예: 내 쪽으로 어깨나 구두를 향하고 있다. 테이블에 팔꿈치를 괴고 있다.)
- [ ] 시선이 쫓아온다
- [ ] 괜히 눈이 마주친다
- [ ] 내 얼굴을 멍하니 바라본다
- [ ] 눈이 촉촉하다
- [ ] 자주 머리나 얼굴이나 옷을 건드린다
- [ ] 재미없는 이야기에도 웃는다
- [ ] "인기 많지?"라고 묻는다
- [ ] 이유 없이 "미안" "죄송해요"라고 사과한다
- [ ] 말이 없을 때도 표정이 풀어지며 싱글싱글 웃는다
- [ ] 물리적으로 가까이 다가온다(그 자리를 떠나려고 하지 않는다)
- [ ] 전에 사귄 사람에 대해 "나는 말이야…" 하고 으스댄다
- [ ] 억지로 화제를 짜내서 말을 건다
- [ ] 대화가 멈추면 계속 이어가려고 한다
- [ ] 갑자기 인기 있는 척한다
- [ ] 만남 기회가 없다고 강조한다
- [ ] 다른 여자를 칭찬하려고 하지 않는다
- [ ] 곤란한 일을 털어놓으면 도와주려고 한다(답례는 필요 없다고 강조

한다)

- [ ] 여러 가지 질문을 한다(개인적인 일을 물어본다)

  예: "쉬는 날에는 뭐 해?" "취미는?" "이상형은?" "전 남자 친구
  는?"

- [ ] 멋진 애인이 있다고 추측한다
- [ ] 애인이 있는지 묻는다
- [ ] 이상형에 대해 이쪽에 해당하는 면을 말한다
- [ ] 무턱대고 칭찬한다
- [ ] 아무에게도 말하지 않은 비밀을 털어놓는다
- [ ] 메신저나 SNS 계정 등 연락 수단을 묻는다
- [ ] 먼저 데이트 신청을 한다
- [ ] 잘 생각해 보면 데이트에 돈을 쓴다(돈 쓰기를 아까워하지 않은 것
  같다)
- [ ] 억지로라도 돈을 내려고 한다
- [ ] 데이트가 끝날 시간에 더 있고 싶어 한다(2차를 제안하거나 개찰구
  앞에서 계속 이야기한다)
- [ ] 다음 데이트 약속을 잡고 싶어 한다

호감 신호 메신저 편

- [ ] 답장이 빠르다
- [ ] 답장이 늦어지면 사과한다

- ☐ 바로 읽음 표시가 붙는다
- ☐ 특별한 이유 없이 연락한다
- ☐ 그날 있었던 일을 보고한다
- ☐ 핑계를 만들어 연락한다
  예: "사원 여행을 너희 고향으로 가게 됐는데 갈 만한 곳 알려줘"
  "친척 아이 선물을 뭐로 할지 고민이야"
- ☐ 질문이 많다(끊어지지 않도록 노력한다)
- ☐ 이모티콘이 많다
- ☐ 물음표가 많다
- ☐ 답장이 없으면 바로 또 메시지를 보낸다
- ☐ 장문이다(마음이 담겨있거나 오래 고민한 느낌이 든다)
- ☐ 땀, 고개 숙이기, 초조한 느낌 등 저자세를 취하는 이모티콘을 사용한다
- ☐ "미안해" "죄송합니다" 같은 사과가 많다
- ☐ "안녕" "잘자" 같은 인사가 많다
- ☐ "그랬어…?" 하고 사정을 궁금해한다
- ☐ 괜히 존댓말을 쓴다
- ☐ 내가 사용하는 이모티콘을 산다
- ☐ "전에 말한 가게 말이야…" 하고 예전 대화를 파고든다
- ☐ 거절할 때는 '어쩔 수 없는 이유'나 '다른 일정'를 알려준다

왜 당신의 메시지는 읽씹당하는가?

좋아하는 남자가 스마트폰 맞은편에 있다고 상상해 보자.

- 마음을 담은 장문의 메시지
- 답장이 오기 전에 참지 못하고 또 보내기
- 사랑에 취한 감성적인 메시지
- "미안해" "내 기분은…" 하며 감정을 토로하는 메시지
- 웃음 표시나 이모티콘 잔뜩

좋아하는 마음을 도저히 억누르지 못해서 이런 메시지를 보내고 싶을 것이다. 어제 있었던 일, 오늘 느낀 점, 앞으로 기대하는 일 등을 전하고 싶은 마음은 이해한다.

그러나 그런 메시지에는 답장이 안 올 수도 있다. 혹은 '답장이 늦어진다' '데이트 신청을 거절당했다' '메시지를 주고받는데 반응이 시원찮다' 같은 일도 흔하다.

사랑을 이루려면 이런 메시지는 피하도록 하자.

글자나 이모티콘이 줄줄이 늘어선 메시지는 "아, 뭐가 이렇게 길어" 하고 상대방에게 부담을 주기 때문이다. 마음을 전하고 싶어도 전해지지 않는다.

그 이유는 '진지한 이야기에 메신저는 어울리지 않는다'라는 함정 때문이다. 이런 점을 이해하지 않으면 요즘 연애는 어려워질 뿐이다.

원래 메신저는 글을 주고받는 도구이다.
그러나 글이 커뮤니케이션의 전부는 아니다. 표정이나

목소리 톤, 숨결, 옷차림, 몸짓 등의 정보가 스마트폰에는 드러나지 않고 전부 빠져 있다. 그래서 복잡한 감정이나 섬세한 뉘앙스는 전하지 못한다.

그런 단점을 보완하려는 친절한 마음에 긴 문장을 보내는 것은 좋지 않다. 그 자체가 부담을 주기 때문이다. 말하자면 '문장을 주고받을 수밖에 없는데 그 문장에 최선을 다하면 부담을 주고 만다'는 딜레마에 빠진다.

따라서 메신저는 진지한 이야기에 어울리지 않는다.

어울리지 않을 뿐만 아니라 문제를 일으키기도 한다.

메신저 커뮤니케이션에는 한계가 있고, 자신의 마음을 전부 전할 수도 없다. 차라리 '상대방이 하고자 하는 이야기를 제대로 이해하기 어렵고, 자신이 하고 싶은 말을 제대로 전할 수 없다'라고 받아들여야 한다. 그러므로 연애 인지학에서는 '메신저는 데이트로 이어가는 도구'라고 여긴다.

메신저는 감정이나 가치관을 전하기보다 데이트 신청을 위해 분위기를 만드는 도구라고 생각하는 편이 안전하다. 중요한 이야기는 데이트에서 하도록 하자.

그렇다고 어렵게 생각할 필요는 없다. 연애 인지학 스킬은 그런 사고방식을 기초로 만들어졌기 때문이다. 예를 들면 '단문 법칙·디렉터스 이론·이모티콘 금지 법칙' 등을 떠올리기 바란다. 실천하기만 하면 처음에 예로 든 부담스러운 메시지는 피할 수 있을 것이다.

연애는 놀이가 아니다. 적어도 이 글을 읽는 당신이 진심으로 사랑을 이루기를 바란다. 보내기 버튼을 누르기 전에 '이 메시지는 답장하기 쉬울까?'라고 먼저 생각하자.

제5조
남자 앞에서 웃는 여자가 인기 없는 이유

연애는 좋은 뜻으로든 나쁜 뜻으로든 주도권 쟁탈전이다. 이 책에서는 그 방법으로 '아이 콘택트'를 설명했다. 여기서는 조금 변화를 줘서 '포커페이스'를 소개하겠다.

결론부터 말하면 '다른 사람과 있을 때 억지로 웃지 않기'라는 스킬이다. 재미있으면 웃고 재미없으면 웃지 않는다. 그런데 이는 생각보다 어렵다.

우리는 마음에 드는 이성 앞에서는 무심코 실실거리며 아양 떨듯 웃고 만다. 자기를 싫어할까 봐 두렵고, 긴장하고, 무심코 부끄러워지기도 한다.

그러나 그래서는 안 된다. 연애는 상대방의 감정을 동요시키는 사람이 유리하다. 따라서 실실 웃으며 감정의 동요를 들키는 사람은 주도권을 빼앗기게 된다.

그래서 포커페이스가 필요하다.

표정을 무너뜨리지 말자. 무표정은 아니다. 눈썹을 움직이거나 고개를 끄덕이거나 상대방의 이야기를 듣는다는 몸짓을 하면서도 침착한 표정을 유지한다.

물론 분위기에 따라 웃는 것도 중요하다. 그러나 업무 상황이나 인간관계에 따라 표정을 꾸며내야 하는 경우도 있을 것이다. 그럴 때도 "상황을 파악하고 침착하게 대응한다"라는 분위기를 자아내는 것이다.

예능 프로그램에 여배우가 출연한 장면을 떠올려 보자.

방송 중에 사회자나 개그맨이 농담하며 웃고 있다. 그러나 여배우는 태연하게 진지한 표정을 무너뜨리지 않는 느낌이랄까. 물론 여배우가 우위를 차지한다는 의미는 아니

다. 그런 역할을 맡고 있다는 말이다.

마찬가지로 드라마나 영화에서도 '가치가 높은 인물일수록 진지한 표정(조연일수록 장면을 위해 웃는다)을 짓는다는 법칙이 있다. 그 장면의 분위기보다 신념을 우선하는 것이 주연이나 중요한 인물의 역할이기 때문이다. 표정은 존재가치에 따라 달라진다. 바꿔 말하면 '개그맨이나 조연 같은 태도'를 보이면 심리적 우위를 점하기 어려워진다.

예를 들어 커뮤니케이션은 능숙한데도 연애는 잘 풀리지 않는 사람이 있다. 그런 사람은 진지한 태도에 서툴러서 이른바 '포커페이스'를 못한다. 부담스러운 분위기를 견디지 못하고 웃음으로 도망치는 것이다.

그러나 그런 태도로는 자신의 가치를 보여줄 수 없고 연애로 발전하기도 어렵다. 연애 커뮤니케이션에는 진지한 태도로 돌파해야 할 때가 있다. 부디 포커페이스를 두려워하지 말기 바란다.

당신에게 가치가 있다면 당신의 웃는 얼굴에도 분명히 가치가 있을 것이다.

그러니 더욱더 함부로 보여줘서는 안 된다. 잘난 척을 좀 하자. 당신의 웃는 얼굴은 정말로 기쁜 일이 있을 때, 마치 상으로 내리는 보석처럼 보여줘야 마땅하다.

제6조

데이트 신청을 기다리면 안 된다

"남자 친구가 좀처럼 데이트 신청을 하지 않는다"

어쩌면 당신은 이런 고민을 안고 있을지도 모르겠다. 어떻게 하면 그 사람이 데이트 신청을 해줄까 하고. 단호하게 나가자.

어떻게 하면 데이트 신청을 받을지 고민해서는 안 된다.

오히려 '내가 먼저 제안하는 것'이 중요하다. 인생을 바꾸는 것은 리액션이 아니라 바로 액션이다. 사랑을 이루고 싶다면 '마냥 기다리기'는 NG다.

물론, 어쩌다 상대방이 데이트 신청을 할 수도 있다.

그대로 해피엔딩으로 이어질지도 모른다. 하지만 그래서는 운에 맡기는 꼴이다. 사랑의 앞날을 상대방에게 맡기고 있으니까.

사랑을 이룬다는 의미는 '스스로 손에 넣기 위해 움직이는 것'이다. 바꿔 말하면, 크리스마스 날 아침에 머리맡에 선물이 놓여있기를 기대하는 어린아이처럼 두근두근 설레는 마음으로 기다리는 것이 아니라는 말이다.

물론 두려운 마음은 잘 안다. 마음에 드는 남자에게 먼저 다가가고 메신저를 열어 데이트를 신청하는 일은 왜 두려운 것일까.

그 이유는 '거절당하고 상처받는 것이 두렵기' 때문이다.

좋아하는 사람에게 거부당하는 것은 두렵다. "아, 바쁘니까 다음에"라는 단 한 줄의 메시지만으로도 세상으로부터 부정당한 기분이 든다.

그러나 꼭 기억해 주기 바란다. 인생을 바꾸거나 사랑을 이루려면 당신이 먼저 행동해야 한다는 사실을. 어디서 날아올지 모르는 우연을 제외하면 거절당한다는 공포를 극복한 여자만이 사랑을 이룰 수 있다.

당신 주위에도 인기가 많거나 멋진 연인을 손에 넣은 여자가 있을 것이다. 그들도 아마 지금까지 수없이 차인 경험이 있지 않을까.

이를테면 주사위를 던진 횟수가 많았다는 뜻이다. 남자에게 듣는 'NO'라는 말을 두려워하지 않고 행동을 취한 만큼 행복이 다가온 것이다.

이제 '기다리기'는 졸업하자. 사랑은 스스로 쟁취하는 것이니까.

그 남자의 이상형과 다르다면?

상대방의 취향.

세상에서 가장 궁금한 정보가 아닐까. 자신이 그 남자의 취향에 들어맞으면 하늘에라도 오를 듯 기쁘지만, 그렇지 못하면 지옥에라도 떨어진 기분이 된다.

그러나 혹시 취향에 맞지 않는다고 해도 방법은 있다.

예를 들어 당신의 키가 작다고 해보자. 그런데 "키가 큰 여자가 좋아"라는 말을 듣는다. 충격이다. 그의 이상형과 다르니까.

그럴 때는 이렇게 물어보자.

"어떤 느낌 때문에 그런 타입이 좋아?"

그러면 이런 대답이 돌아올 것이다.

"글쎄, 대등하게 얘기하는 느낌?"

"번듯한 사람이 좋거든."

"가족이 전부 키가 크니까 편하게 얘기할 수 있을 것 같아서."

그렇다면 어떻게 노력하느냐에 따라 가까워질 수도 있지 않을까. 외모가 아니라 인상이나 태도에 관한 이야기이기 때문이다.

위의 질문은 '외모 취향 아래 숨은 욕구를 파고든 질문'이다.

이른바 '이런 타입이 좋다'라는 말 속에는 '그런 타입이 주는 느낌이 좋다'라는 뉘앙스도 포함되어 있다. 바로 그 뉘앙스를 건져 올리는 것이다. 그것이야말로 상대방이 진실로 여자에게 바라는 점이기 때문이다.

앞서 든 예로 보면 자기 생각을 야무지게 표현하거나 가족 같은 느낌을 주는 사람을 원한다고 알 수 있다. 그렇다면 그 '느낌'을 힌트로 노력하면 된다.

모쪼록 상대방의 '이상형'을 너무 심각하게 받아들이지 말기 바란다. 비집고 들어갈 방법은 있으니까. 적어도 외모 취향은 의외로 맞지 않을 때도 있다. 그 사람은 '그런 타입 밖에 사귀어본 적이 없어서 다른 타입하고 사귀는 모습을 상상하지 못 하는' 경우도 많기 때문이다.

그래서 더욱 상대방의 진짜 욕구를 파악하는 것이 중요하다. 당당하게 나가자. 자기가 이상형이 아니라고 해도 오히려 웃어넘기기를 바란다. 그런 여유가 상대방에게도 전해진다. 당신이 해야 할 일은 당신의 가치를 보여주는 것뿐이다.

좋아하는 사람이 생기지 않는 당신에게

- 애인이 있었던 적이 없다
- 자신의 연애는 나중 일이라고 생각한다
- 좋아하는 사람이 없다
- 어떻게 말을 걸면 좋을지 모르겠다
- 연애하는 방법을 전혀 모르겠다

연애란 어렵기만 하다. 어떻게 시작되는지도 모른다.

당신이 연애에 대해 어떤 동경을 품고, 어떤 느낌을 받는지는 잘 알고 있다. 혹시 당신 자신은 모른다고 해도. 그래서 이번에는 연애를 시작하는 방법에 대해 3단계로 설명하겠다.

① 자신의 마음은 일단 제쳐두고 상대방을 관찰한다

우리는 무심코 자기 생각만 하기 쉬운 생물이다.

지금 자기 머릿속을 한번 들여다보자. 눈은 글자를 따라가면서도 오늘 머리 스타일은 괜찮나, 그 사람은 나를 어떻게 생각할까, 저녁은 뭐로 할까, 방이 춥네 등등 이런저런 생각을 하고 있을 것이다. 머릿속이 자신의 기분으로 꽉 차 있다.

그러나 연애를 하려면 일단 그런 생각에서 빠져나오자. 그리고 고개를 들고 관찰하는 것이다. 상대방이 어떤 사람인지를.

무슨 생각을 하는지, 무슨 감정을 느끼는지, 무엇을 소중히 여기는지, 어떤 일로 상처받는지. 그리고 지금까지는 무엇을 해왔고 앞으로는 무엇을 할 것인지 등. 그에게도 인생이 있기 때문이다.

그러면 분명히 '자기만의 세계'가 '자기와 상대방의 세계'로 부풀어간다.

그 넓은 세계에서는 전혀 상상도 못 할 다양한 일이 일어나지 않을까. 좋아하는 남자에게 어떻게 말하면 좋을지 알 수 없을 때는 바로 그 사람을 관찰하고, 좋아하는 사람이 없을 때는 주변 사람들을 관찰하며 의식을 확장해 보자.

이것이 바로 '타인과 관계를 맺는다'라는 의미이다.

그러면 계속해서 관찰해 보자.

어떤 옷을 입고 있는지, 어떤 신발을 신고 있는지, 어떤 분위기인지, 어떤 표정을 짓는지, 재미있어 보이는지, 재미없어 보이는지, 무언가 신경을 쓰고 있는지, 어떤 소지품이 있는지, 잔은 비어 있는지, 어떤 집에 살 것 같은지, 회사에서는 어떤 사람인지, 어떤 취미가 있는지 등등.

그러면 '왜일까?' 하며 궁금한 점이나 느낀 점이 떠오를 것이다. 이것이 타인에게 관심을 갖는다는 일이다. 그런 점

에 대해 질문을 던져보자.

"재킷 색깔 멋지네요. 마음에 들어요."
"지금 왜 벽을 보고 웃었어요?"
"집에 피아노 같은 게 있을 것 같아요."
"음료수 마실래요?"

커뮤니케이션은 말을 거는 일로부터 시작된다.

물론 말 걸기가 부끄러울 것이다. 그러나 잘 생각해 보자. 무슨 나쁜 짓을 저지르려는 것이 아니다. 그저 관심이 있어서 질문하는 것일 뿐. 자기에게 관심을 보이는데 싫어할 사람은 없다. 사람들은 자기 이야기 하기를 좋아하기 때문이다.

③ 상대방의 리액션에 응답한다

질문을 하면 상대방은 어떤 반응을 보일 것이다.

자기소개를 하거나 리액션을 하거나 자신의 생각을 표현한다. 어떤 대답이 나올지는 사람에 따라 다르다. 그런 반응을 즐기는 것도 커뮤니케이션 요령이다.

대화는 캐치볼과 마찬가지로 계속 이어가야 한다. 다음은 또 볼을 던져야 할 차례다. 이미 다음 질문이나 감상이 떠오른다면 OK. 그 질문을 던지자. 혹시 떠오르지 않아도 상관없다.

"좋네요."
"멋져."
"그게 뭐예요."
"정말이요?"
"역시."

그럴 때는 위와 같이 맞장구를 치자. 추가 질문뿐만 아니라 좋은 반응을 하는 것도 볼을 되돌려주는 하나의 방법이다.

이런 말은 어떤 때라도 사용할 수 있다. 그저 "그렇군요. 얘기해 줘서 감사합니다" 정도의 느낌이다. 상대방을 부정하지 않고 받아들이는 상냥한 말이다. 입버릇으로 삼아도 손해 보지 않는다.

여기서 중요한 점은 "이야기를 진지하게 듣고 있습니다"라는 신호를 보내는 것이다. 그렇지 않으면 상대방도 불안해할 수 있기 때문이다.

이로써 상대방은 마음 놓고 이야기를 하고, 어쩌면 당신이 이야기할 기회가 찾아올 수도 있다. 한 번 더 맞장구를 치며 불쑥 다른 질문을 던져도 좋다. 생각지 못한 방향으로 이야기가 퍼져 나갈 것이다. 아니면 "긴장했어요" 하고 고백하는 것도 대화가 된다.

어떤 형태로든 멈추지 말고 볼을 계속해서 던지기 바란다. 그것이 바로 커뮤니케이션이다.

이상으로 연애를 시작하는 방법에 대해 3단계로 설명했다.

이 이야기를 통해 꼭 알아두었으면 하는 점이 있다.

그것은 '다른 사람을 알고자 하는 행동'이 연애의 첫걸음이라는 사실이다.

예를 들어 당신이 연애를 하고 싶다고 치자. 그러나 갑자기 누군가를 좋아하겠다고 해도 불가능하다. 좋아하는 사람을 어떻게 찾아야 하는지도 알 수 없다. 연애는 감정의 산물이기 때문이다. 다른 사람을 억지로 좋아할 수는 없는 노릇이다.

그렇지만 '다른 사람을 알고자 하는 행동'이라면 할 수 있다. 그것은 마음가짐의 문제니까.

다양한 사람을 알아가는 만큼 당신의 감정은 다양한 반응을 보여줄 것이다. 단순히 좋고 싫다는 감정뿐만 아니라 다채로운 형태의 애정을 경험하다 보면 어느새 설레는 만남도 찾아올 것이다. 그것이 연애의 시작이고 소중하게 여겨야 할 특별한 감정이다.

그러므로 우리는 우선 다른 사람을 알아보려는 노력을 해야 한다.

연애 인지학 대화 스킬 예문집

연애 인지학의 토크 스킬은 '커뮤니케이션에 성공하기 위한 대화술'이다.

이 방법을 따르면 관계를 발전시킬 수 있다. 바꿔 말하면 커뮤니케이션이 능숙한 사람은(혹시 자각하지 못하더라도) 이 스킬대로 대화하고 있는 경우가 많다.

여기서는 각각의 토크 스킬에 따라 예문을 소개한다.

먼저 통째로 암기해서 잘 맞는다면 그대로 사용해도 좋다. 반드시 그 감각을 익혀서 자기만의 이야기에 도전해 보기 바란다.

이성과의 대화에 익숙해지는 것도 중요하다.

그러나 모든 대화를 즉흥적으로 이끌어가지 않아도 괜찮다. 아직 익숙해지기 전에는 사용할 문구를 미리 준비하면 그만이다.

데이트하기 전에 분야별로 세 가지 정도를 머릿속에 넣

어두자. 이야깃거리를 준비해 두면 긴장감도 조금은 풀릴 것이다. 물론 자기만의 화제도 좋다.

준비해 둔 이야기라고 해서 꼭 사용할 필요는 없다. 이야기의 흐름이나 분위기에 맞춰 다른 화제가 나올 수도 있기 때문이다. 다만, 준비해 두면 도움이 된다.

소설에 나온 대사도 꼭 참고하기 바란다. 또한 일상생활이나 텔레비전에서 들은 '재치 있는 대사'를 메모해 두는 것도 효과적이다.

사용할 말은 총알이 장전된 총처럼 언제든지 쏠 수 있게 머릿속에 담아두자. 당신의 인생에 믿음직한 무기가 된다. 머지않아 즉석에서 그 자리에 어울리는 말을 떠올릴 수 있게 될 것이다.

주변에 있는 화제를 이용하기 때문에 대답하기 쉽다. 그 자리에서 눈에 띄는 소재를 언급하거나 질문한다. 분위기를 띄울 수 있다. 만날 때부터 1차 때까지 사용하면 베스트.

- 오늘 왠지 사람이 많네요.
- 이 근처 자주 걸어 다녀요?
- 아, 고양이다.
- 저 간판 좀 특이하지 않아요?
- 분위기 엄청 좋은 가게네요. 저 조명 멋져.
- 메뉴가 다양하네요. 어떤 샐러드로 할까요?
- 처음 보는 채소가 잔뜩 들어있네. 이건 뭘까.
- 저 그림 멋지네요. 어느 나라 풍경일까.
- 그 스마트폰 깨진 거 아니에요?
- 저기 점원 옷에 이상한 거 묻지 않았어요?
- 지금 왜 웃었어요?
- 손가락이 아름다워서 피아노 칠 것 같아요.
- 눈동자가 갈색처럼 보여요. 컬러 렌즈?
- 왠지 다도를 할 것 같은 느낌.
- 아, 머리 뻗쳤어요.

딥 토크 스킬

인생이나 가치관을 파고드는 속 깊은 내용. 아무한테도 하지 않았을 듯한 이야기를 끄집어내는 것이 요령. 신뢰 관계를 쌓을 수 있다. 차분히 이야기할 상황이 되면 바로 시작할 것.

- 대화할수록 재밌는 사람이네요.
- 어린 시절 얘기 듣고 싶어요.
- 지금 무슨 생각해요?
- 좀 더 얘기해주세요. 엄청 궁금해요.
- 오랜만에 느긋하게 얘기하는 느낌이에요.
- 얘기를 하지 않으면 상대방에 대해 알 수 없다고 생각해요.
- 어른이 되니까 속 깊은 얘기는 하지 않게 돼요. 얘기할 사람이 한정된다고 할까.
- 결국에는 이런 얘기도 할 수 있을지 궁금하지 않아요?
- 어쩌다가 같이 식사하고 훌쩍 헤어지고 나면, 결국 상대방에 대해 아무것도 알지 못했다는 느낌 들 때가 있잖아요. 그런 건 별로예요.

킬러 질문

깊은 속내를 끌어내는 질문. 상대방의 마음을 울리는 대화로 연결하기 쉽다. 딥 토크 스킬 단계에서 사용하는 질문.

- 요즘 빠져있는 건 뭐예요?
- 이상적인 하루는 어떤 느낌이에요?
- 하루에 100만 엔을 써야 한다면 어떻게 할 거예요?

- 전화하기 전에 미리 연습하는 스타일이에요? 왜요?
- 유명해진다면 어떤 분야에서 어떤 방법으로 하고 싶어요?
- 인생이 빨리 흘러가는 것 같아요? 아니면 천천히?
- 지금까지 살아오면서 다른 사람한테 가장 고마웠던 일은 뭐예요?
- 언제 산타클로스가 없다고 알았어요?
- 지금까지 한 일 중에서 조금 나쁜 짓 있어요? 어떤 느낌이에요?
- 만약 미래의 자신과 1분 동안 통화할 수 있다면 무슨 질문할 거예요?
- 늙지 않는 마음과 신체 중에 어느 쪽이 좋아요?
- 우정을 유지하기 위해 가장 중요한 건 뭐라고 생각해요?
- 만약 친척 아이에게 사랑에 관해 설명한다면 뭐라고 하면 좋을까요?
- 자신의 죽음은 어떤 모습일 것 같아요? 그때 후회할 듯한 일 있어요?

러브 토크 스킬

사랑 이야기를 통해 상대방의 뇌를 연애 모드로 만든다. 데이트 중반부터 시작해서 이후로도 자연스럽게 화제로 삼도록 하자. 사랑을 이루려면 반드시 필요.

- 첫사랑은 어떤 느낌이었어요?

- 가장 순수한 사랑은 언제였어요?
- 실연 때문에 가장 비참했을 때 에피소드 들려주세요.
- 이상적인 데이트는 뭘까요?
- 술안주로 전 여친 얘기 들려주세요.
- 어른이 되고 나니까 좋아한다는 감정만으로는 사귈 수 없네요.
- 누군가를 좋아하게 되었을 때 마음속에서 어떤 느낌이 들어요?
- 이성의 설레는 행동 있어요?
- 어떨 때 마음이 확 움직여요?
- 이성한테서 중요하게 보는 부분 있어요?
- 요즘 이성한테 받은 미묘한 메시지를 읽씹하지는 않아요?
- 쓸데없이 엄청 인기 있을 듯. 그래서 메시지 답장 안 할 것 같아.
- 장문의 메시지는 좀 곤란하죠?
- 어떤 연애를 하고 싶어요?

섹시 문구

이성으로서 매력을 느낀다고 깨닫게 하는 문구. 서로가 연애 당사자라는 분위기를 만들 수 있다. 러브 토크 스킬 단계에서 사용.

- 생각에 빠진 표정 매력 있어요.
- 어쨌든 멋있어.

- 옆선이 마음에 들어
- 어쨌든 쓸데없이 멋있어(포지션을 강화하고 싶을 때는 별일 아닌 듯 칭찬한다).
- 역시 괜찮은 남자는 다르네요.
- 그런 매력을 풍기는 남자는 드물어요.
- 내가 좋다고 생각하는 부분은 그런 면이에요.
- 역시 키 큰 사람이 좋아요(상대방의 특징을 집어넣는다).
- 같이 마실 수 있는 사람이 좋아요(술을 마시면서).

퓨처 토크 스킬

미래의 관계를 떠올리게 하는 내용. 앞으로도 관계가 이어진다는 느낌을 준다. 이야기에 적극적으로 참여해서 두 사람의 미래를 상상하게 만드는 것이 요령. 다음 데이트로 쉽게 이어갈 수 있다.

- 아, 다음에 그 만화 가져올게요.
- 어제 방울토마토 심었어요. 잊어버릴 때쯤 하나 줄게요.
- 이 체인점에서도 마셔보고 싶네요.
- 가게 안에 있는 술 전부 마시자고요. 주인이 항복할 때까지요.
- 차라리 술 저장고까지 가서 내년에 팔 것까지 전부 마셔버려요.
- 그런 데는 온천 있겠네요. 게 먹고 싶지 않아요?
- 올해 안에 하고 싶은 일 있어요?
- 다음 달에 개봉하는 영화 보려고요. 한 가운데 제일 좋은 자리

에서.

- 여름 축제 가고 싶네요. 불꽃놀이는 바로 밑에서 봐요? 아니면 멀리서?

- 나중에는 어떤 곳에서 살고 싶어요?

- 가고 싶은 나라 있어요?

- 그냥 살면 되죠. 매일 관광하고 카페도 가고.

- 느긋하게 사는 게 제일 아니에요?

- 어떤 가구를 놓고 싶어요?

- 아, 센스 최고. 왠지 레트로한 테이블 선택할 듯.

- 이색적인 향신료 막 사고 싶다. 예쁜 병에 넣고.

- 벽에 독특한 포스터 장식할 것 같아.

- 할아버지가 되면 어떤 생활을 할 것 같아요?

- 그렇게 되면 둘이 여기저기 산책해요.

고백이 성공하지 못하는 이유

고백.

이 두 글자를 보기만 해도 부담이 느껴진다. 목이 타고 사흘 밤낮을 못 잘 것 같다. 성공하면 해피 엔딩, 실패하면 배드 엔딩. 최후의 빅 이벤트인 셈이다.

그러나 주의할 점이 있다.

그것은 '고백 자체로 당신을 좋아하게 만드는 효과는 없다'라는 사실이다.

우리는 무심코 되든 안 되든 고백만으로 좋아해 줄 거라는 착각에 빠지곤 한다. 예를 들면, 학교에서 말 한번 해본 적 없는 이성을 화단이나 체육관 뒤로 불러내서 고백하면 왠지 OK를 받을 수 있다고 생각하는 것처럼 말이다.

어디까지나 '고백할 때까지 얼마나 좋아하게 만들었는지?'가 중요하다.

이상적으로 말하면, 거의 OK를 받을 수 있다고 아는 상태에서 고백하는 느낌이랄까. 고백은 도박이 아니다. 단순한 확인 작업이다.

그러므로 '고백 방법은 무엇이든지(상황에 집착하지 않아도 된다)' OK다. 고백 장소가 집 소파 위든 별이 보이는 언덕 위든 성공 확률은 똑같기 때문이다. 물론 추억은 달라지겠지만. 즉, 예스라는 대답을 받을 것 같으면 고백 문구나 타이밍은 아무런 상관이 없다.

여기서 "그렇다면 고백할 타이밍은 어떻게 알 수 있지?" 라는 의문이 생길 것이다.

사귈까?

연애 선수라면 "어쩐지 좋아한다는 느낌이 오잖아"라고 말하기도 한다. 그러나 그런 타이밍을 모르기 때문에 고민에 빠지는 것이다. 확실하게 가자.

고백 타이밍은 '만남에서든 메시지에서든 여러 호감 신호가 최소한 한 달은 지속됐을 때'이다.

물론 예외도 있다. 만난 그날 밤 바로 사귀는 사람도 있다. 어디까지나 '거의 확실하게 예스라는 대답을 받을 수 있는 기준'이라고 생각하기 바란다.

차일 각오로 재빨리 고백해서 사랑 고민으로부터 해방되고 싶은 마음은 잘 안다.

그러나 부디 참아주시길. 당신은 불안에서 도망치기 위해서가 아니라 사랑을 이루기 위해 고백하는 것이니까.

호감 신호는 제3조에서 소개했다. 고백하기 전에 적어도 다섯 개 정도는 호감 신호를 찾아내야 한다. 연애 선수가 "어쩐지 좋아한다는 느낌이 온다"라고 말하는 이유는 이런 세세한 신호를 무의식적으로 파악하고 있기 때문이다.

마지막으로 고백 OK에 가까운 신호를 하나만 더 소개한다.

그것은 '다음 날도 만나고 싶어 한다'라는 것. 당신과 함께하는 시간에 가치를 느낀다는 증거이다. 물론 '계속해서 만나고 싶어 한다'라면 더욱 좋다. 그 정도면 "그냥 사귀어 버릴까?" 하고 농담 삼아 말해도 좋지 않을까. 과연 어떻게 될까. 혹시 실패해도 농담이라고 어물쩍 넘길 수도 있을 것이다.

물론, 이것도 하나의 기준이다. 너무 심심한데 주변에 친구가 없었을 가능성도 있다. 연애에 예외는 얼마든지 있으니까.

그러니 마지막에는 가슴에 손을 얹고 기대나 망상을 버리고 냉정하게 생각해 보자. 충분히 자기의 마음을 표현했는가. 제대로 러브 킵 모델을 실행했는가. 아마도 정답을 발견할 수 있을 것이다. 파이팅.

메시지에 답장이 없을 때는?

이번에는 '원 찬스 메시지'를 파헤쳐 본다.

원 찬스 메시지는 과거에 어색하게 헤어진 남자나 답장이 없는 남자에게 보내는 메시지를 말한다.

가볍게 웃음이 날 만한 짧은 내용으로 무심코 답장하게 만드는 것이 요령이다. 거꾸로 말해 긴 메시지나 감정이 듬뿍 담긴 메시지는 부담스러우니 피하도록 하자. 중요한 것은 답장을 받기만 하면 된다는 사실이다.

예문을 소개하겠다. 보내는 타이밍은 '무시당하고 나서 최소한 일주일 이후'이다.

분위기를 새롭게 다지는 느낌. 그러나 이것도 하나의 기준일 뿐 정답은 아니다. 단지 5일 안에는 절대 보내면 안 된다는 사실을 잊지 말자. 추격 메시지 또한 금물이다. 단숨에 주도권을 빼앗기고 만다.

'전에 답장 안 한 사람이 누구였더라' 하고 잊어버릴 때쯤 원 찬스 메시지를 보낸다.

원 찬스 메시지 예문

사람마다 다르므로 전부 사용하지 못할 수도 있다. 느낌을 알았다면 자기만의 원 찬스 메시지를 생각해 보자. 두 사람만의 공통점(둘 다 아는 사람이나 커뮤니티, 재미있었던 화제)을 이용할 수도 있다. 더 재미있는 문구가 나올지도 모른다.

- 요즘 너무 춥지 않아요?
- 너무 더워서 이제는 숨도 못 쉬겠어요.
- 집에서 이런걸 보내줬어요(일상의 재미난 일을 사진으로 보낸다).
- ○○○(유행하는 영화) 너무 보고 싶어서 못 참겠어.
- 꼬치구이하고 맥주라니 반칙 아니에요?(맛집 사이트 링크나 캡처한 사진을 보낸다).
- 여기 최고 같음(맛집 사이트 링크나 캡처한 사진을 보낸다).
- 잡혀가더라도 밀라노풍 도리아 요리를 먹고 싶은 기분.
- 오늘 역 앞에서 고양이 쓰다듬지 않았어요?(거짓말이라도 OK. 바로 고양이나 다른 화제로 넘어간다).
- 오늘 복권 당첨되지 않았어요?
- 태풍 엄청나네요. 선배가 날아간 거 아닌지 걱정이네요.
- 아, 인생. 왜 이렇게 바쁜 거예요?
- 지금 유튜브에서 강아지 영상 봤더니 선배가 생각났어요.

반대로 절대 보내면 안 되는 메시지도 있다. 이유와 함께 설명하겠다.

① **오래도록 애타게 기다린 느낌**

"살아 있어~?" "아무리 그래도 너무 많이 자는 거 아니야?" "동면 끝났어?" "스마트폰 아직도 안 고친 거야?" "있잖아, 숨은 쉬고 있어?"

→ 오랫동안 답장을 기다렸다는 뉘앙스는 없애는 편이 좋다.

② **눈치 보는 듯한 뉘앙스의 ㅎㅎ 이모티콘을 붙인다**

"이제 메시지 읽었으려나? ㅎㅎ"

→ 절대 금지는 아니다. 그러나 되도록 사용하지 말자.

③ **보내기 실수를 가장한다**

"오늘 재밌었어! 오랜만에 ○○ 씨(다른 남자의 이름) 만나서 기쁘다" "미안, 잘못 보냈다"

→ 그 작전은 대부분 들킨다. 그만두자.

④ **갑자기 데이트 신청을 한다**

"다음에 영화 보러 가지 않을래?" "초밥 먹으러 가자!"

→ 불안한 마음에 급하게 서두르면 안 된다. 편한 관계
부터 쌓자.

⑤ **날짜를 마음대로 정한다**

"맛있는 피자집 찾았으니까 내일 가자!"

→ 호감 있는 사이라도 일정에 따라서는 거절당할 수
도 있다. 특히 당일이나 전날의 제안은 거절당해도
곤란하지 않을 정도로 편한 관계를 쌓은 뒤에 하자

⑥ **상대방에게 맞춰서 화제를 짜낸 느낌**

"나, 축구 보고 왔어." "컴퓨터 사고 싶어서(상대방의 일
이나 특기 관련해서) 궁금한 점이 있는데 알려줄 수 있
어?" "갑자기 미안한데, 본가가 교토라고 했지? 이번에
사원 여행에서…" "맛있는 나베 요릿집 알아?"

→ 절대 안 되는 것은 아니다. 그러나 너무 친한 척하
거나 뜬금없는 질문은 일부러 화제를 끄집어냈다고
들키기 쉽다. 연락하려고 핑계 댄다는 느낌을 준다.

이런 일들은 포지션이 낮아지니 피하도록 하자.

따라서 '가볍게 웃음이 날 만한 짧은 내용'이 요령이다. 우선은 올바른 원 찬스 메시지가 아닌 잘못된 원 찬스 메시지를 보내지 않도록 주의하자.

그리고 답장을 받아도 방심하지 말자. 마음을 자제할 것. 그대로 원 찬스 메시지의 주제로 맞장구를 쳐도 좋고 가볍게 다른 화제로 넘어가도 괜찮다. 메시지는 데이트로 이어 가기 위한 도구이므로 먼저 편안한 관계를 만들도록 주의를 기울이자.

혹시 답장이 오지 않는다면 3개월 후, 다시 한번 원 찬스 메시지를 보내도록 하자. 그때 마지막으로 호감이 있는지 없는지 판단한다. 포기할 수 없다면 해내야만 한다. 성공을 빈다.

사랑에 휘둘릴 때나 가망이 없을 때 역전시키기 금단의 블랙 연애 인지학

- 메시지 답장이 없다
- 데이트 신청에 응하지 않는다
- 자꾸 그 사람의 안색만 살핀다
- 항상 그 사람의 집이나 근처에서 만난다
- 애쓰고 있다
- 그 사람의 기분을 살핀다
- 포지션이 낮다

어느 것이나 휘둘리는 느낌이 든다. 아무리 봐도 호감이 없는 듯하다.

연애를 하다 보면 이대로는 행복해질 수 없다고 느끼는 순간이 있다. 지속해도 좋을지 불안해진다.

특히 타이거가 그 상대라면 이런 처지에 빠지기 쉽다. 인기 많은 남자는 자연스럽게 주도권을 잡고 여자를 쥐락펴락하는 데 능숙하기 때문이다.

이럴 때는 어떻게 하면 좋을까?

결론부터 말해 대시했다가 실패했다면 일단 물러서야 한다.

포기하라는 말이 아니다. 다만 일단은 거리를 두어야 한다는 뜻이다.

물론 다른 사랑을 찾아가는 것도 정답이다. 오히려 차례로 새로운 남자에게 대시하다 보면 연인이 생길 가능성이 있다. 거리를 두라는 말은 '끝까지 그 남자를 포기하지 못하겠다면'이라는 의미다.

여기서부터는 '①사귀기 전, 호감이 없는 패턴'과 '②정기적으로 만나지만 휘둘리는 패턴'으로 나누어 설명하겠다.

① 사귀기 전, 호감이 없는 패턴

만약 호감 신호가 없다면 일단 물러나자.

좀처럼 연락도 하기 힘든 상황일 테고, 답장이 와도 상대방의 페이스에 끌려갈 것이다. 그러므로 더더욱 냉정해질 시간이 필요하다.

괴로운 마음은 잘 안다. 그러나 바로 지금이 참아야 할 때이다. 오히려 계속 대시하다가는 자기 처지만 비참해지고 포지션도 내려갈 뿐이다. 완전히 도망쳐버릴 수도 있다. 그런 사태만은 피해야 한다.

최소한 한 달은 필요하다. 석 달이 될 수도, 어쩌면 반년이 넘을 수도 있다. 어쨌든 연락을 끊자. 길고 긴 메시지를 보낼 우려를 차단한다.

그동안에는 당신의 가치를 높이는 데 집중해야 한다. 연애 인지학에 나온 대로 '인기 있는 여자의 마인드'를 몸에 익히는 것이다. 학교나 회사 등 같은 커뮤니티에 그 사람이 있다면 제2조를 참고하도록 하자.

그리고 최소한 한 달의 여유를 가진 다음에 '원 찬스 메시지'를 보낸다. 만약 메신저밖에 연락할 수단이 없다면 가장 좋은 방법이다.

같은 커뮤니티 사람이라면 원 찬스 메시지를 보낼 필요가 없다. 인기 있는 여자의 마인드를 의식하면서 '라이트 토크 스킬'로 말을 걸어보자. 다시 태어난 '새로운 당신'을 보여주는 것이다.

② 정기적으로 만나지만 휘둘리는 패턴

이럴 때는 이미 만나는 관계라는 점을 이용한다. 완전히 소식을 끊지 않고 살짝 물러서는 느낌이다.

잘 알다시피 남자에게는 '수렵 본능'이 있다. 한번 손에 들어온 이성에게는 금세 질려버리고 다시 사냥에 나서고 싶어 한다. 그야말로 '잡은 물고기에게 먹이를 주지 않는 다'라는 패턴이다.

따라서 다시 한번 수렵 본능을 부추기기 위해 "이대로는 수조에서 도망친다"라는 낌새를 보이도록 한다. 본능에 불을 붙여 쫓아오도록 만드는 것이다.

요령은 '말로 하지 않고 행동으로 암시하는' 것.

예를 들어 데이트 신청을 받았다고 치자. 좋다고 찬성하면서도 일정이 맞지 않는 척을 하며 말과 행동에 차이를 보인다. 심리학적으로 말하면 '입으로는 예스, 행동은 노'라는 모순된 신호를 보내서 혼란스럽게 만드는 것이다.

잡은 물고기에는 먹이를 주지 않지만, 물고기가 수조에서 도망치려고 하면 쫓아간다는 남자의 심리를 이용한 방법이다.

남자들 중에는 "나는 떠나는 사람 안 붙잡아"라고 말하는 사람도 있다. 일단은 믿지 않아도 된다. 허세를 부리거나 대수롭지 않게 여기고 있을 가능성도 있으니까. 차분히 반응을 살피며 상대방의 말에 넘어가지 말고 이쪽에서 마음껏 흔들어 보자.

이것을 연애 인지학에서는 '블랙 대시'라고 부른다. 다음의 구체적인 예를 보자.

- 데이트 신청을 받으면 '좋아'라고 말하면서도 일정이 맞지 않는 척을 한다(두 번에 한 번 정도)
- 주말에는 연락에 답을 하지 않는다(달리 즐거운 일이 있는 낌새를 풍긴다)
- "뭐해?"라고 물어도 얼버무린다
- 재미있게 여행하거나 멋진 레스토랑에 간 듯한 느낌을 비춘다
- "재밌다"라고 말하면서도 전화를 금세 끊는다
- 답장을 조금씩 늦게 한다(읽씹도 OK)
- "미안, 잠들었어" "일하느라고" 등 심드렁한 답장을 보낸다
- 화장이나 머리, 옷차림 등 스타일을 바꾼다(이유는 말하지

않는다)

- 새로운 취미 모임 등에 들어간다(알리기는 하지만 자세하게
  말하지 않는다)
- 유난히 멋을 내고 외출한다
- 스타일에 신경 쓴다(요가나 헬스클럽에 다니기도 한다. 시작한
  이유는 얼버무린다)

포인트는 '달리 즐거운 일이 있는 척 하기' '다른 남자와
의 만남이 있는 척 하기' 이 두 가지다.

잘만 하면 상대방은 불안한 기색을 내비치기 시작할 것
이다. 당신의 안색을 살피거나 바람피우지 않는지 의심하
기도 하고, 갑자기 통 큰 데이트를 제안할지도 모른다.

여기서 방심은 금물이다. 그런 관심은 '당신이 도망칠지
도 모른다는 불안' 때문이다. 이른바 자기애다. 진짜 사랑
은 아니다. 방심하면 순식간에 원래 관계로 돌아갈 우려가
있으니 블랙 대시를 유지하자.

빠르면 한 달 정도면 된다. 그의 포지션이 충분히 약해졌
다고 느낀다면 재빨리 원래의 연애 인지학 스킬로 전환하
자. 블랙 대시는 상대방의 포지션을 지나치게 떨어트리므

로 지속하다 보면 마음에 상처를 주기도 한다. 일종의 극약 처방과 같아서 불안으로 몰아넣을 우려가 있다. 연애 인지학은 어디까지나 대등한 관계를 추구하므로 용법 용량에 주의하기 바란다.

그리고 당신은 새로운 모습으로 그의 앞에 다시 등장한다.

그때는 메시지 스킬, 아이 콘택트, 데이트 신청 방법, 토크 스킬, 프랭크십, 그리고 인기 있는 여자의 마인드까지 연애 인지학을 확실하게 사용하기 바란다. 과거의 당신은 잊을 것. "다른 사람처럼 바뀌었네"라는 느낌이 목적이니까.

물론 화장이나 옷차림, 체형 관리 등 자신을 갈고닦는 일도 소홀하지 말자. 방심은 금물이다.

여기까지 왔다면 인기 있는 여자를 만났을 때처럼 그의 반응도 달라졌을 테고, 두 사람의 미래에 관해 진지한 이야기도 나눌 수 있을 것이다.

지금까지 살펴본 내용이 바로 사랑에 휘둘리거나 호감

신호가 없을 때 역전시키는 방법이다.

물론 한번 실패한 연애를 되돌리기는 어려울지도 모른다. 그러나 그 남자를 포기할 수 없다면 도전할 수밖에 없다.

또한 연애 인지학의 블랙 대시는 일반적인 연애에도 사용할 수 있다. 그러나 추천하지는 않는다. 연애의 목적은 안심할 수 있는 관계를 키워가는 것이니까. 이번에는 어디까지나 당신을 위해 설명했다. 총과 마찬가지다. 사람을 구하는 것도 죽이는 것도 가능하다. 당신의 양심에 맡기겠다.

제13조
그래도 인기 있는 남자를 원하는 당신에게

두근두근 설레는 남자(타이거)와 사귀고 싶은 마음은 당연하다.

다만, 마지막으로 이 이야기만은 하고 싶다.

타이거는 인기가 많아서 여자가 끊이지 않는다. 아무래도 경쟁이 치열할 수밖에 없다. 게다가 큰 검 타이거(바람피우는 타이거)가 숨어 있을지도 모른다.

그렇다고 바로 포기하라는 말은 아니다. 타이거도 사랑을 하고 연인을 만드니까 그 대상이 된다면 다행이다.

아무튼 연애 인지학대로 '인기 있는 여자의 마인드'를 철저하게 익히기 바란다. 어떤 자리에서나 마인드에 따라 행동하며 연애 스킬을 자연스럽게 사용할 수 있다면 이상적이다. 타이거는 '상대방의 포지션이 위인가? 아래인가?'를 파악하는 감각이 뛰어나다. 그러므로 먼저 연애의 기초 체력을 만든다고 생각하자.

그리고 이제 본질적인 이야기를 해볼까.

찬물을 끼얹는 것 같지만, 사랑하는 마음이 타오르기 전에 일단 멈춰 서서 자기 연애의 목적은 무엇이며, 왜 사랑을 하는지 되짚어보자.

그러면 사랑을 하는 목적은 '설렘을 느끼는 것'이 아니라고 깨닫게 될지도 모른다. 그것은 '행복해지는 것'이다. 그렇지 않은가?

두근두근 설레는 것, 행복해지는 것. 이 두 가지는 닮은 듯하지만 다르다.

두근두근 설레는 사랑을 부정하지는 않는다. 당연히 '두근두근 설레면서 행복한 사랑'도 존재하니까. 아주 이상적이다. 그러나 동시에 '두근두근 설렐 뿐 행복하지 않은 사랑도 있다'라는 사실은 머릿속에 넣어두기 바란다.

이것이 내가 꼭 전하고 싶은 말이다.

물론 당신의 사랑은 그렇지 않을 것이다. 그러나 혹시라도 감정에 휘둘린다고 느낀다면 일단 멈춰 서서 행복이 무엇인지 생각해 보기 바란다. 마음의 소리에 귀를 기울이자.

이제 마지막으로 소소한 말을 선물하고자 한다. 졸업식에서 상장을 전하는 기분으로.

이 말은 백 년 전 라인홀드 니부어라는 신학자의 기도를 변형한 것이다. 언젠가 당신에게 도움이 되기를 바란다.

"부디 행복한 연애를 지속할 수 있는 평온과, 불행한 연애를 끝낼 용기와, 그 둘의 차이를 구별할 수 있는 지혜를 주소서"

당신의 사랑이 이루어지기를 빈다.

나이가 몇 살이든 연애는 어렵다

이 말은 소설 속 대사지만 저도 항상 느끼는 사실이기도 합니다.

어려운 이유는 '방법을 모르기 때문'이라고 생각합니다.

되돌아보면 어렸을 때부터 세상에 연애 따위는 존재하지 않는 것처럼 자라다가 — 질문하기 힘든 분위기도 있었지요 — 사회에 나오자마자 "연애는 아름다워! 이제부터 사랑을 하자!"라며 경쟁이 시작되니 난감할 뿐입니다.

주위를 둘러보면 다행히 사랑에 성공한 친구도 있지만, 그런 사람은 정말 한 줌밖에는 되지 않습니다. 사랑에 대한 고민은 깊어지기만 할 뿐입니다. 그런데도 사랑은 어쩐지 비밀스러워서 다른 사람에게 의논하기도 부끄럽습니다. 그래서 혼자서 고민하기도 하고, 때로는 친구에게 털어놓기도 하지만 해결책이 나오지 않았던 경험은 누구라도 있겠지요.

"도대체 정답은 뭐지!?" 하고 혼자서 외친 적도 있을지 모릅니다.

연애하는 방법은 부모님도 선생님도 가르쳐주지 않았기 때문입니다. 오히려 피하려고만 할 정도였으니까요. 이렇게 힘든데 어째서 가르쳐 주지 않았던 것일까요.

그 이유는 어쩌면 아무도 몰랐기 때문이라고 생각합니다.

사람들은 '연애'가 무엇인지 모른 채 어른이 됩니다. 당신과 마찬가지로 규칙을 알 수 없는 경쟁에 참가해서 때로는 이기고 때로는 지면서 지금까지 살아왔습니다.
따라서 아무도 가르쳐주지 못하고 당신도 배우지 못했던 것입니다.
그런데 정말 안타까운 일이 아닌가요. 연애는 인생의 가장 아름다운 꽃이고 당신은 사랑을 이루어 멋진 인생을 한 껏 누려야 하는데 말입니다.

게다가 이 세상에서 얼마간의 괴로움과 슬픔은 연애가 그 원인이기도 합니다. 그렇기에 더욱더 많은 사람에게 연 애하는 방법을 전하는 일만으로도 이 험난한 세상이 아주 조금은 행복해지지 않을까요. 어쩌면 꿈같은 이야기겠지 만요.

그래서 저는 '연애'에 대해서 알려주기로 마음먹었습 니다.
한마디로 '연애는 감각이지'라는 말로 끝내려는 것을 논 리적이고 구체적으로, 또 체계적으로 설명해야 한다고 느 꼈습니다. 그것이 연애 인지학입니다. 그 이론을 통해 주 인공과 함께 성장할 수 있도록 교토를 무대로 한 이야기로 만들었습니다.

정말 '연애 교과서'를 만든다는 굳은 의지로 썼습니다.
농담이 아니라 밤이면 밤마다 혼신의 힘을 다해 키보드 를 두드렸습니다. 연애의 모든 것을 담았다고까지는 말할 수 없지만, 당신을 새로운 세상으로 데리고 갈 한 권의 책이 되리라고는 자신할 수 있습니다. 당신이 안고 있는 사랑의 괴로움을 조금쯤은 해결해 주지 않을까요.

언젠가 저에게 딸이 생기고, 그 아이가 10대가 끝나갈 무렵 평소와 달리 침울한 표정을 짓는다면, 적어도 책상에 슬쩍 놓아줄 수 있을 책을 쓰고자 했습니다.

마지막으로 출판사 여러분과 언론 관계자 여러분, 그리고 항상 응원해 주시는 10만 명이 넘는 팔로워분들에게 감사드립니다. 모두의 덕택으로 이 책이 세상의 빛을 보게 되었습니다.

최상의 사랑과 감사를 담아서
아사다 유스케

인생을 바꾸는 것은
리액션이 아니라 액션이야

나는 사랑받는 실험을 시작했다

초판 1쇄 발행 2024년 8월 30일

지은이 아사다 유스케
옮긴이 주현정
펴낸이 김순덕
디자인 디자인 현
펴낸곳 카페인
출판등록 2017년 10월 18일 제2019-000107호
주소 경기도 고양시 일산서구 산율길 42번길 13
전화 031-721-4248 / **팩스** 031-629-6974
이메일 theqbooks@gmail.com

ISBN 979-11-91597-04-2(03830)

이 도서의 국립중앙도서관 출판예정도서목록(CIP)은
서저정보유통지원시스템 홈페이지(http://seoji.nl.go.kr)와
국가자료공동목록시스템(http://www.nl.go.kr/kolisnet)에서 이용하실 수 있습니다.

카페인은 더퀘스천의 문학브랜드입니다